미소를 나누는 세상이야기

민 병 랑

미소를 나누는 세상이야기

민 병 랑

경인문화사

머리말

에세이의 멋은 유머에 있다. 상상적 체험에서 솟아나는 유머는 독자에게 참신한 쾌감을 제공하고 웃음을 끌어내어 마음의 평안과 즐거움을 이끌어낸다.

웃음은 분노가 용서되고 비난이 칭찬이 되며 절망이 희망으로 채색되어 힘차게 솟아오른다. 아픔을 함께하고 희망을 전해주는 웃음이라는 씨앗이 사랑의 바람을 타고 널리 퍼지면서 행복의 뿌리를 내리고 봉사의 줄기를 엮어 감동의 꽃과 열매로 화려하게 수를 놓아간다.

낯선 이에게 보내는 미소하나는 희망이 되며 어둔 길을 가는 이에게 등불이고, 진정한 마음에서 우러나오는 미소는 나를 아름답게 하며 누군가를 기쁘게 한다. 댓가 없이 짓는 미소는 내 영혼을 향기롭게 하고 타인의 마음을 행복하게 한다.

또한 어머니의 미소는 자식에게 세상을 살아가는 꿈을 심어주고 사랑을 전수하는 마음의 에너지이고, 연인들이 주고받는 미소는 험한 세상을 함께 헤쳐 나가자고 다짐하는 희망의 메시지다.

부부가 서로 주는 미소는 한 평생 한 길을 향해 가는 믿음의 텔레파시다. 유머가 있는 사람은 괴로움 속에서도 좌절하지 않고 마음의 여유를 갖게 되어 인간으로 영감뿐만 아니라 어려움을 헤쳐 나가는 힘을 주게 되고 재치와 두뇌 회전을 촉진시켜 지성을 높혀 준다.

미소는 주는 이를 가난하게 만들지 않으면서도 받는 이를 부유하게 해준다. 미소는 집안에 행복을 남게 하고 모든 고통의 치료제가 된다.

이 책은 필자가 살아오면서 듣고 본 저명인사들의 글 중에서 얻은 지식과 첨부한 참고문헌을 인용하여 감동적이면서 삶의 지혜가 되는 내용의 글로 사이사이에 유머러스한 이야기를 넣어 재미가 있고 미소가 넘쳐나도록 꾸며보았다.

특히 내용이 충·효·예 사상을 바탕으로 나라사랑 부모사랑 이웃사랑의 실천을 계도하여 자녀들에게 삶의 방향을 잡아주는 길잡이가 되기도 하고 때로는 거친 비바람을 피해가는 안식처가 될 수 있는 지혜가 담긴 사랑과 감동의 이야기들이 가득하여 자녀교육에도 큰 도움이 되리라고 자부한다.

부디 웃음이 빈약하고 정서적으로 메마른 우리생활에 은근한 향기처럼 일상생활 속에 유머와 기지가 가득하여 윤택한 인간화합이 이루어지기를 바라며 이 책을 펴낸다.

이 책이 나오기까지 조언을 해준 가족들에게 고마움을
전하며 편집을 맡아준 출판사 여러분께 감사를 드린다.

2012년 9월

銀只 閔丙琅

목 차

2. 살며 생각하며 - 지혜로운 삶-

1

Humor와 Nonsense

- 행복한 미소 -

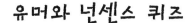

유머와 넌센스 퀴즈

사람은 웃을 때가 가장 아름답다. 또한 웃음은 마음의 치료제 일뿐만 아니라 신체의 미용제이다. 따라서 웃음은 우리 몸과 마음의 좋은 영양제이다. 그럼으로 웃음이 많은 사람은 아름답고 건강하다는 것을 다시 강조할 필요가 없다. 웃음은 모든 사람의 마음을 하나로 엮어주는 융화작용과 친화작용도 한다.

그래서 웃음은 인간관계의 문제를 푸는 열쇠가 되기도 하고 혈액순환을 촉진하여 건강 치병에도 크게 도움이 된다. 그럼으로 필자는 넌센스 퀴즈나 유머스런 이야기는 재미도 있고 웃음도 자아내어 좋아한다. 그동안 우리주변에서 웃기고 즐겼던 넌센스 퀴즈와 내가 창작한 유머를 모아서 소개한다.

♣ 깨끗이 쓸고 간 자리에 비 들고 있는 여자는 어떤 여자일까요?

☞ 남들이 다 쓸어 놓았으니 이 여자는 쓸 데가 없는 여자지요.

♣ 하늘에 달과 별이 없다면 어떻게 될까?

☞ 어떻게 되긴 날 샜지.

♣ 노인들이 제일 좋아 하는 폭포는 무슨 폭포일까?

☞ 나이야 가라폭포랍니다.

♣ 바다의 파도가 춤을 추는 까닭은?

☞ 갈매기가 노래 하니까.

♣ 갓 태어나서 처음 울 때는 눈물이 없답니다. 왜 없을까요?

☞ 아직 세상물정을 몰라서.

♣ 갑돌이와 갑순이가 결혼을 못 한 이유는?

☞ 동성동본이라서.

♣ 제일 어린 과일은 풋사과, 그럼 제일 뜨거운 과일은?

☞ 천도복숭아지요.

♣ 커피 잔의 손잡이는 어느 쪽에 붙었을까?

☞ 바깥쪽에 붙어있지.

♣ 병아리가 찾는 약은 삐약인데, 세월을 속이는 약은 어떤
약일까?

☞ 머리 염색약이지.

♣ 빙상 경기에서 우리나라가 쇼트트랙이 강한 까닭은?

☞ 우리나라 사람들 새치기를 잘 해서지요.

♣ 늙어 죽을 때까지 거짓말 한 번도 안 한 사람은 누구일
까?

☞ 벙어리.

♣ 사랑이 동물성일까? 식물성일까?

☞ 사랑이 뭐냐고 물으신다면 눈물의 씨앗이라고 했으니 식물성
이지요.

♣ 돼지가 꼬리 흔드는 까닭은?

☞ 몸뚱이는 무거워서 흔들 수 없으니까.

♣ 개가 도둑을 보고도 안 짖는 까닭은?
☞ 앞을 봐도 도둑, 뒤를 봐도 도둑 모두가 도둑인데, 계속 짖기만
하나.

♣ 레코트 판의 줄은 모두 몇 줄이나 될까?
☞ 몇 줄이긴 한 줄이지.

♣ 우리나라 가수 중에서 잠이 제일 많는 사람은 누구일까?
☞ 남들은 잠자리에 들기도 전에 '이미자'지요.

♣ 필요 없는데 낭비하는 여자는 어떤 여자일까?
☞ 예쁜 여자가 화장하는 것이라오.

♣ 임신한 여자가 어린 아이를 업고 있으면 어떤 여자일가?
☞ 행복한 여자지요. 배부르고 등 따스하니까.

♣ 조물주께서 착한 일을 많이 한 사람에게 자판기를 선물
로 주었다. 오백 원짜리 주화를 넣고 버튼을 눌렀더니 똑
같은 오백 원짜리 주화 두 개가 나오는 것이다. 이번에는

미소를 나누는

끼고 있던 반지를 넣어 보았다. 역시 반지 두 개가 나왔다. 무엇을 넣어도 곱절로 나오는 것이다. 이때 그 앞을 지나가던 가수 이미자를 넣고 버튼을 눌렀다. 무엇이 나왔을까?

☞ 무엇을 넣어도 곱절로 나왔으니까 사미자가 나왔지요.

♣ 거울도 안 보는 여자는 옥경이! 그러면 거울도 안 보는 남자는 누굴까?

☞ 누구겠습니까. 심청이 아버지 심봉사지요.

♣ 병든 자여 다 내게로 오라. 누가 한 말일까요?

☞ 누구겠습니까, 엿장수가 한 말이지요.

♣ 장바구니 끼고 시장에 가서 장을 다 봐놓고, 카바레에서 춤추고 나오는 여자는 어떤 여자 일까?

☞ 장은 다 봐 놨으니까 볼 장 다 본 여자지요.

♣ 정원이 50명인 배에 40명이 탔는데 가라앉았다. 왜 가라앉았을까?

☞ 잠수정이라 가라앉았지요.

♣ 처녀보다 유부녀를 더 좋아하는 사람은 어떤 사람일까?

☞ 산부인과 의사지요.

♣ 뱃사람들이 제일 싫어하는 우리나라 가수는 누구일까?

☞ 배철수지요. 배가 철수하면 뱃사람들이 할일이 없을 테니까.

♣ 인삼은 6년근 때 캐는 것이 제일 좋답니다. 그러면 산삼
은 언제 캐야 좋을까요?

☞ 보는 즉시 캐야 좋답니다. 놔두면 남이 캘테니까.

♣ 신혼부부들이 제일 좋아하는 곤충은 어떤 곤충일까?

☞ 잠자리.

♣ 사과 세 개 중에서 두 개를 먹었는데 두 개가 남았다고
한다. 왜 두개가 남았다고 했을까?

☞ 먹는 것도 남는 거니까.

♣ 세상에서 제일 겁 없는 사람은 어떤 사람일까?

☞ 소방관이 겁이 없지요. 물·불가리지 않으니까.

미소를 나누는

♣ 외식을 제일 많이 하는 사람은 어떤 사람일까?

☞ 이 사람 날마다 외식만 하는데 알고 보니, 노숙자와 거지더라
고요.

♣ 우리나라에서 김이 제일 많이 나는 곳은 어디일까?

☞ 목욕탕이지요.

♣ 병 주고 약 주는 사람은 누구일까?

☞ 약국의 약사지요. 병에든 약을 병째 주었으니 병도 주고 약도
준거지.

♣ 이 더하기 이는 덧이 이 빼기 이는 합죽인데, 일 더하기
일은 무엇일까?

☞ 일에 일을 더하면 중노동지.

♣ 아리랑 스리랑의 어머니는 누구일까?

☞ 아리 아리랑 스리 스리랑 아라리가 났네. 아라리가 났다니까
아라리가 어머니지.

♣ 의처증 환자가 아내가 외출 했다 돌아오면 몸을 샅샅이
뒤지며 흰털이 묻어 있으면 어느 늙은 놈 만나고 왔다

고 호통이고 검은 털이 묻어 있으면 젊은 놈 만나고 왔다
고 난리다. 그런데 외출하고 돌아온 아내의 몸을 아무리
뒤져도 아무 것도 발견을 못했다. 이때는 뭐라고 했을까
요?

☞ 이것이 늙은 놈, 젊은 놈 다 만나더니 이제는 대머리까지 만나
고 왔구나하고 야단치더랍니다.

♣ 18 더하기 12는 30인데 40이라고 하는 사람이 있다. 왜
40이라고 했을까?

☞ 이 사람은 계산이 틀렸으니까.

♣ 겨울철에도 여름 핫팬츠 입고 다니는 여자는 어떤 여자
일까?

☞ 겨울인지 여름인지 철을 모르니 철부지 여자지요.

♣ 라면을 끓이는데 참기름을 쳤더니 참기름이 둥둥 떠다니
며 라면이 밖으로 나오지 못하게 하자 싸움이 났는데, 경
찰서에서 라면을 잡아 가더래요. 왜 라면을 잡아갔을까
요?

☞ 참기름이 고소(告訴)하니까 잡혀갔지요.

미소를 나누는

♣ 잠시 후 경찰서에 가보니 참기름도 잡혀 갔더래요. 참기름은 왜 잡혀갔을까요?

☞ 참기름이 무고를 했다고 라면이 다 불어서 잡혀갔답니다.

♣ 성공하면 죽고 실패하면 사는 것은 무엇일까요?

☞ 자살시도랍니다.

♣ 애들이 불장난하면 오줌을 싼다. 남편이 불장난하면 무엇을 쌀까요?

☞ 싸긴 뭘 싸요, 마누라가 보따리 싸지.

유머로 엮어보는 전철역

미소를 나누는

협상파가 좋아하는 역 ······························ 대화역 (3호선)

숙녀들이 좋아하는 역 ····························· 신사역 (3호선)

유아들이 좋아하는 역 ····························· 수유역 (4호선)

중국인이 좋아하는 역 ····························· 중화역 (7호선)

여성들이 좋아하는 역 ····························· 남성역 (7호선)

이산가족이 좋아하는 역 ························· 상봉역 (7호선)

자수간첩이 좋아하는 역 ························· 광명역 (7호선)

방송인이 좋아하는 역 ··························· 중계역 (7호선)

사냥꾼이 좋아하는 역 ··························· 오리역 (분당선)

데모대가 싫어하는 역 ··························· 대치역 (3호선)

어린이가 싫어하는 역 ··························· 미아역 (4호선)

소방관이 싫어하는 역 ··························· 방화역 (5호선)

범인들이 싫어하는 역 ·························· 수색역 (6호선)

군인들이 싫어하는 역 ·························· 작전역 (인천)

미소를 나누는

재미로 엮어보는 서울의 지명

무교동은 교회가 많아도 무교동이고,

적선동에 살면서도 적선 한번 안한 사람 많고,

효자동에 살면서도 부모에 행패부리는 패륜아가 있고,

인사동에 살면서도 인사 할줄 모르는 사람 많더라.

일원동에 살면서도 일원짜리 동전 본 사람 없고,

수표동에 살면서도 수표 한 장 없이 다니는 사람 많고,

청량리에 살면서도 청량음료 싫다는 사람 많고,

묵동에 살면서도 묵보다 인절미가 좋다는 사람 많더라.

이문동에서 장사하면서 이문이 없어 장사 못하겠다는 사
람 많고,

군자는 대로행인데, 군자동에 살면서도 큰길 놔두고 골목
길로 다니는 사람 많고,

강남 갔던 제비가 돌아오지 않아 강남에 가보니, 제비들
이 카바레로 춤 추라가고 없더라.

이번에는 동명을 인체부위와 연결해 보자.

머리는 용두동	눈은 안국동
귀는 이문동	코는 후암동
입은 구로동	목은 목동
등은 등촌동	어깨는 견지동
팔은 팔판동	손은 약수동
위는 장위동	배는 방배동
엉덩이는 둔촌동	오금은 오금동
종아리는 종암동	장단지는 장충동

미소를 나누는

발은 내발산동으로 이어지면 재미있다.

웃는 것이 건강에 좋은 것이니,
한번씩 읽어 보고 웃어 보자!

재미로 엮어본 세대론

1. 상품가치로 본 세대론

10대는 산삼	20대는 홍삼
30대는 백삼	40대는 수삼
50대는 미삼	60대는 더덕
70대는 도라지	80대는 무말랭이

백화점 상품에 비유한다면

10대는 샘플	20대는 신상품
30대는 명품	40대는 정품
50대는 세일품	60대는 이월상품
70대는 창고대매출	80대는폐기처분

(재활용품으로 남는다면)

90대는 희귀한골동품	100대는진품명품.

미소를 나누는

2. 화장의 세대론

10대가 하면 치장   20대가 하면 화장

30대가 하면 분장   40대가 하면 변장

50대가 하면 위장   60대가 하면 포장.

70대가 하면 환장   80대가 하면 끝장.

3. 애인의 세대론

10대가 애인이 있으면 엉덩이에 뿔 난놈.

20대가 애인이 있으면 당연지사.

30대가 애인이 있으면 집안 말아 먹을 놈.

40대가 애인이 있으면 가문 망칠 놈.

50대가 애인이 있으면 축하 받을 사람.

60대가 애인이 있으면 표창 받을 할아버지 할머니.

70대가 애인이 있으면 신의 은총 받을 할아버지 할머니.

80대가 애인이 있으면 천국 갈 할아버지 할머니.

4. 부부 잠자리 세대론

20대 부부는 포개져서 잔다.

30대 부부는 마주보고 잔다.

40대 부부는 천장보고 잔다.

50대 부부는 서로 등 돌리고 잔다.

60대 부부는 딴 방에서 따로따로 잔다.

70대 부부는 어디서 자는지도 모르고 잔다.

80대가 넘으면 한 분은 방에서, 한 분은 산속에서 주무신다.

5. 부부 생활의 세대론

10대 부부는 뭣 모르고 환상 속에서 살고

20대 부부는 아기자기 신나게 뛰면서 살고

30대 부부는 눈 코 뜰 새 없이 바쁘게 살고

40대 부부는 헤어질 수 없어 마지못해 살고

50대 부부는 늙어가는 것을 보고서로가 가엾서서 살고

60대 부부는 등 긁어 줄 사람 없어 서로가 필요해서 살고

70대 부부는 긴 세월 살아준 것이 고마워서 산답니다.

이렇게 철모르는 시절부처 남녀가 맺어져 살아가는 인생길을 표현해 보았습니다.

30때까지는 자식 기르느라 정신없이 살다가

40대에 들어서면서 지지고 복고 지내며 소 닭 보듯

미소를 나누는

이, 닭 소 보듯이 지나쳐 버리기 일쑤이고 서로가 웬수같이 살았는데,

　50대가 되니 어느 날 이마에 줄음 살 깊이 패이고 머리칼이 희어진 것을 보고 불현듯 가여운 생각이 들지요.

　그리고 서로 굽은 등을 내보일 때쯤이면 철없고 무심했던 지난날을 용케 견디어준 것이 눈물 나게 고마워진답니다.

　이제 지상에 머물 날도 얼마 남지 않았는데 쭈글쭈글해진 등을 서로 긁어주고 있노라니 팽팽했던 피부로도 알 수 없었던 남녀의 사랑이라기 보다 평화로운 슬픔이랄까, 자비심이랄까, 그런 것들에 가슴이 뭉클해지고 인생의 무상함을 느끼게 합니다.

　아무쪼록 남은 여생 살아가면서 서로 아끼고 더욱 더 사랑하며 아름답게 살아가는 부부가 되시기를 기원합니다.

항일투사 10행시

일 : 일본나라의 총리인

이 : 이등박문이가

삼 : 삼천리강토를 침노하니

사 : 사방 곳곳에서

오 : 오적까지 날뛰어

육 : 육혈포를 쏘아대자

칠 : 칠흑같이 어두운 밤에

팔 : 팔방으로 도망쳐서

구 : 구사일생 살아 난놈

십 : 십만리 밖으로 달아났더라.

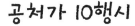

공처가 10행시

일 : 일어나면 먼저

이 : 이 여자의 얼굴을 보며 살아온 지

삼 : 삼 년 세월이 흘러갔다

사 : 사귀기만 했으면 좋으련만 결혼까지 해서

오 : 오랫 동안 함께 살게 될 줄이야

육 : 육신이 고달파도 할 수 없지

칠 : 칠거지악이라고 옛날처럼 쫓아낼 수도 없고

팔 : 팔팔한 마누라 덩치에 기죽어 사는 내 모습

구 : 구천을 헤매 도는 귀신은 이런 걸 왜 안 잡아가

   는지

십 : 십년 감수 할일 생길까봐 몸 사리고 살아간다오.

하지만 공처가와 애처가는 종이 한 장차이다.

사람의 아름다움은 외모에 있는 것이 아니고 내면에 있는 것이다.

흔히, 얼굴 예쁜 여자는 한 달 가고, 몸매 예쁜 여자는 일 년 가고, 마음씨 예쁜 여자는 평생 간다고 한다.

아내란 힘들 때 붙들어주고, 낙심했을 때 위로해주며, 기쁠 때 함께 웃어 주는 인생의 최고의 응원군인 것이다.

당신도 마음 한번 바꾸면, 공처가가 아니라 애처가가 될 것이다.

미소를 나누는

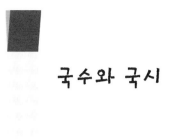

국수와 국시

　서울 총각과 경상도 아가씨가 결혼를 해서 깨가 쏟아지게 신혼 생활을 하고 있었는데, 어느 날 국수를 삶아먹다가 다툼이 벌어졌답니다.

　신랑은 '국수'라고 하고, 신부는 '국시'가 맞다는 것입니다. 둘이서 한참을 다투다가 결판이 나지 않자 이웃에 사는 중학교 국어 선생님을 찾아 가서 물어보기로 했습니다.

"선생님, 국수가 맞습니까? 국시가 맞습니까?"
"예, 그거 다르지요. 국수는 '밀가루'로 만든 것이고, 국시는 '밀가리'로 만든 겁니다."

"아니 밀가루와 밀가리는 같은 거 아닙니까?"
"다르지요. 밀가루는 봉지에 담아서 파는 것이고, 밀가리는 봉다리에 담아서 파는 것입니다"

"그럼 봉지와 봉다리도 다른 것입니까?"
"물론다르지요, 봉지는 가게에서 팔고, 봉다리는 점빵에서 파는 겁니다."

"가게는 뭐고 점빵은 뭡니까? 그게 그거 아닙니까?"
"다르지요, 가게에서는 아주머니가 팔고 있고, 점빵에서는 아지매가 팔고 있는 겁니다."

"그렇다면, 아주머니와 아지매도 다릅니까?"
"다르지요. 아주머니는 아기를 업고 있고, 아지매는 얼라를 안고 있답니다."

"아니, 아기와 얼라는 같은 거 아닌가요?"
"그것도 다르지요. 아기는 누워서 자고, 얼라는 디비 잡니다."

이때 선생님 출근시간 늦는다고 그만 출근을 하고나니

미소를 나누는

부부의 다툼이 판가름이 나지 않아 한국어 연구원에 문의
하기로 했답니다.

윤락가의 앵무새

윤락가에서 길들려진 앵무새를 여염집에서 사다가 문간
에 걸어 놓았다.

주인여자가 나오자 앵무새 고개를 갸우뚱하더니
"응? 마담이 바뀌었네?"라고 하는 것이다.

이때 이집 딸이 나오니
"응? 아가씨도 바꿨잖아?"

그때 회사에서 퇴근한 주인남자를 보더니
"응? 단골 아저씨는 그대로네"라고 하더란다.

이 말을 들은 부인 화가 머리끝까지 나서 팔짝팔짝 뛰

니 남편 할 말이 없어 손이 발이 되도록 싹싹 빌었다. 하지만 지금까지도 별거 중에 있다고 한다.

바람 끼 있는 분들 앵무새 조심하시길!

이웃집 주부

결혼한 지 1년이 된 새댁이 아들을 낳았고 깨소금 같은 하루하루를 보내고 있었다. 그러던 어느 날 남편은 회사에 나가고 혼자서 아기 목욕을 시키고 있는데 이웃집에 사는 섹시한 미시 주부가 아기를 보러왔다. 섹시한 이 미시 주부가 애교 넘치는 목소리로 하는 말.

"어머머. 아들래미 고추 좀 봐. 꼭 지아빠 닮았네."

그렇다면 이 주부 언제 아기 아빠의 고추를 봤을까? 궁금하네요. 아기 아빠에게 물어보면 제대로 대답해 줄까?

귀금속 전문털이범의 궤변

　귀금속 전문 절도 전과자가 또 도둑질을 하다가 형사에게 잡혀서 심문을 받는다.

문 : 젊은 나이에 뭘 못해서 도둑질만 하나?
답 : 빈부의 격차를 줄이려고 밤잠도 못자고 고생하고 있는 겁니다.

문 : 그런데 왜 언제나 짝도 없이 혼자서 하나?
답 : 세상에 믿을 놈이 있어야죠.

문 : 부인이 도망갔다며?
답 : 그야 또 훔쳐오면 되죠.

문 : 도둑도 휴가가 있나?

답 : 잡히는 날부터 휴가죠.

문 : 살아오는 동안 슬펐던 때가 있었나?

답 : 내가 훔쳐온 시계를 팔러갔던 아내가 날치기를 당했
을 때가 제일 슬펐습니다.

문 : 그때 부인이 뭐라고 하던가?

답 : 본전에 팔았다고 합디다.

문 : 아들이 학교에 다닌다던데 아들 학적부에 아버지 직
업을 뭐라고 썼나?

답 : 솔직하게 썼지요. 전국 귀금속 이동센터 운영한다고
요.

이거야 말로 잠자던 소가 웃겠네.

과부속도 모르고

깊은 산중 길을 가던 선비가 날이 어두워져 잠잘 곳을 찾다가 외딴집을 발견하고 참 다행이다 생각하면서 싸리문을 밀고 들어가

"주인장, 지나가던 나그네이온데 하룻밤만 재워주십시오"라고 하자,

소복을 입은 젊고 아리따운 여자가 방문을 살며시 열고 하는 말이

"우리 집은 저 혼자 사는 집이온데 외간 남자를 재워드릴 수가 없습니다."라고 거절을 하는 것이었습니다. 그러자 나그네 하는 말이

"이곳 가까운 곳에는 인가도 없고 날은 어두워 오는데 못 재워 주시면 저는 어떻게 합니까? 날씨도 춥지만 이곳 에는 큰 짐승도 많이 다닐 터인데 어찌 한데서 잘 수가 있 겠습니까? 제발 꼭 좀 부탁드리니 하룻밤만 묵고 가게 해 주십시오."하고 연신 사정을 했다.

그러자 여주인, 선비를 보는 순간 용모가 준수하고 보 기 드문 미남인지라 잠자리를 한번 해보고 싶은 생각이 굴뚝같아 내심 쾌재를 부르며 하는 말이

"정 그러시면 묵고 가게 해 드리지만, 우리 집은 단칸 방 하나뿐이니 선비께서는 윗목에서 자고 나는 아랫목에 서 잘 터인데 한가운데에 베개로 칸을 막아 놓을 테니 혹 여 선비께서 베개를 넘어오시면 개 같은 사람입니다."하 고 못을 박는 것이었다.

선비는 고맙다고 인사를 하고 안방 윗목에 자리에 들었 지만 여주인이 개 같은 사람이란 말이 떠올라 생각은 간 절하지만 체념하고 잠을 청하여 자고 말았다.

또한 아랫목의 여주인도 이제나 저제나 선비가 베개를

넘어오기를 기다리며 이리 뒤척 저리 뒤척 하다 날이 새고 말았다.

아침이 되자 선비는 여주인에게 "신세 잘 지고 갑니다."하고 인사를 하고 돌아서는데 바람이 횅하니 불며 들 안에 널었던 빨래가 담장을 넘어가자, 선비가 담장을 훌쩍 뛰어넘어가서 빨래를 낚아채어 여주인에게 돌려주고 뒤도 돌아보지 않고 가자,

여주인 선비의 뒤통수에 대고 하는 말.

"이 높은 담장도 훌쩍 훌쩍 넘는 놈이 얕은 베개하나도 넘지 못하는 놈, 에라이, 개만도 못한 놈!"

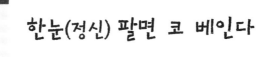

한눈(정신) 팔면 코 베인다

주막집에서 노인들이 내기 장기(將棋)를 두고 있다. 장군을 받아놓고 수에 몰린 노인이 담배대통에 담배를 눌러 담고는 불을 붙인다는 것이 불이 다 죽은 화로에 버린 귤껍질을 숯덩이로 알고 계속 빨아대는 것이다. 정신이 온통 장기판에만 가 있으니 다른 것은 눈에 들어올 리가 없었지요.

옆에서 바느질을 하던 주모(酒母)도 그 광경을 보고는 노인 담뱃불 붙이는데 정신이 팔려 혼자 낄낄대고 웃으며 바느질을 계속 하는데 그만 옷고름을 소매 끝에다 달고 있는 것이다.

주모의 딸이 밥을 다 해놓고 빈 그릇을 가지러 방에 들

미소를 나누는

어가서 어머니의 옷고름 다는 것을 보고는 배꼽을 잡고 웃으며 빈 그릇을 내 간다는 것이 그만 요강을 가지고 나가서 밥을 푸며 낄낄 웃고 있는 것이다.

이때 옹기장수가 지게에다 옹기그릇을 잔뜩 지고 "옹기 사려"하고 소리치며 대문 안을 들려다보니 말 같은 처녀가 요강에다 밥을 푸며 웃고 있지 않는가?

옹기장수 껄껄대고 웃으며 "원 세상에 요강에다 밥 푸는 사람 내 생전에 처음 본다"고하면서 지나가는데 그만 앞에 전봇대가 있는 것도 못 보고 다가가는 것이다.

그런데 그 전봇대가 서 있는 곳이 이발관 앞이라 면도사가 손님의 수염을 면도하던 중이었는데 옹기 짐을 진 사람이 껄껄 웃으며 전봇대 쪽으로 다가 가는 것이 거울에 비치니

이 면도 사 옹기장수에 정신이 팔려 면도하던 것을 깜빡 잊고 저..저...하며 조마조마해하는 찰나 그만 옹기 짐을 전봇대에 '꽝'하고 부딪치고 말았다.

이때 면도사는 "그렇지"하며 면도칼을 든 팔로 무릎을 탁 치는 바람에 면도하던 손님의 코가 싹둑 잘려 나가고 말았다.

누구나 이렇게 정신을 딴 곳에 팔면 코만 베이는 것이 아니라 목숨까지도 잃을 수 있는 큰 사고를 당할 수도 있다는 것이다.

자동차 운전기사가 한눈을 팔고 운전을 하면, 자동차 앞을 횡단하는 보행자가 보이지 않아 사고를 내고, 위급한 일을 당한사람이 황급히 길을 건너갈 때에는 제정신이 아니어서 달려오는 차 앞으로 뛰어드는 경우도 많다는 것을 알아야 한다.

이러한 것뿐만이 아니다. 사정기관에서는 부정부패를 철저히 단속한다고 하지만 아직도 공직사회의 비리는 줄어들지 않고 있다.

이것 역시 공직자들이 자기 맡은 바 임무 수행보다 직위를 이용하여 사리사욕에 정신이 팔려서 발생하는 사건들인 것이다. 속된말로 불공에는 마음이 없고, 잿밥에만

미소를 나누는

마음이 있기 때문이다.

어찌 공직자뿐이겠는가 집단에 속해있는 사람들이 자기 집단의 이익에만 눈을 판다면, 나라와 백성은 어찌되겠는가?

만약에 부부가 한눈을 판다면 어떻게 될까? 두말할 나위도 없이 가정이 풍비박산이 되고, 죄 없는 자식들은 불행의 소굴에서 헤어나지 못할 것이고, 평생을 후회하며 불행과 고통 속에서 살 수 밖에 없을 것이다.

그러니 한눈을 딴 데로 파는 것이 얼마나 무서운 결과를 가져오는지 명심 또 명심하고, 한눈 팔지 말고 열심히 살아가도록 하자.

살아남으려면

고양이가 오랜만에 쥐를 만나 쫓고 있었다. 처절한 레이스를 벌이다가 그만 놓쳐 버렸다.

쥐가 어찌나 빠른지 한참을 따라가서 덮치려는 순간 쥐구멍으로 들어가 버린 것이다.

그러자 고양이가 쥐구멍에다 대고 "멍멍 멍멍멍"하고 짖고는 납작 엎드리는 것이다.

"뭐야, 이거 뭐 바뀌었나? 고양인 줄 알았는데 개였었나?"

쥐가 궁금해서 견딜 수가 없어 확인을 하려고 머리를

미소를 나누는

구멍 밖으로 내미는 순간 그만 지키고 있던 고양이의 예
리한 발톱에 걸려들고 말았지요.

그리고는 의기 양양 쥐를 물고 가며 고양이가 하는 말.
"요즘같이 살기가 어려운 세상에, 먹고 살아남으려면
적어도 2개국 말은 할 줄 알아야 돼."

이제 우리도 적어도 두 나라 말은 해야 살아남을 것 같
다.

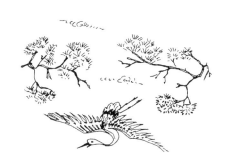

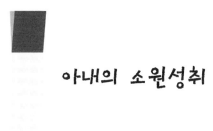

아내의 소원성취

부부가 싸우고 난 뒤 서로 말도 하지 않고 지내다가 남자가 져줘야지하고 남편이 화해를 청하고 부부가 등산을 갔다.

산에서 내려오며 어떤 절간을 둘러보는데 절간 뒷마당에 동전을 던지면서 소원을 빌면 이루어진다는 깊은 우물이 있었다

먼저 부인이 소원을 빌고는 허리를 굽혀 동전을 던졌다. 남편도 따라서 소원을 빌고는 동전을 던지면서 몸을 굽혔다.

그런데 남편이 몸을 너무 깊이 굽히는 바람에 중심을

잃고 우물 속에 빠져서 죽고 말았다.

순간 부인이 깜짝 놀라서 하는 말.
"어머나! 정말 소원이 금방 이루어지네!"

피장파장

아내가 영화 한번 보러가자고 졸라도 "이 나이에 영화는 무슨 영화?"하며 무시하던 남편이 딴 여자를 데리고 극장 특석에 앉았다.

그때 바로 앞좌석에도 두 남녀가 정답게 어깨동무를 하고 앉아서 영화를 보고 있다. 그런데 앞좌석에 앉아 있는 여자가 스크린을 가릴 정도로 커다란 모자를 쓰고 있었다.

뒤쪽에 앉아있는 남자가 그 여자의 어깨를 톡톡 쳤다. 얼굴을 돌렸을 때 보니 그녀는 바로 자기 아내더란다.

이걸 어쩌면 좋아…. 이럴 때 뭐라고 했을까?

미소를 나누는

아마도 피장파장이라고 하지 안 했을까요?

세상이 넓은 것 같지만 좁답니다.
양심에 가책될 일은 안 하는 것이 마음이 편하다.

이러니저러니 해도 내 남편과 내 아내가 제일이라오.
한눈 팔면 얼굴에 상처 가실 날이 없다오.

장사 헛하는 포장마차

포장마차를 시작했는데, 손님이 와서 소주 한 병을 시켜서 갖다 줬더니, 막걸리와 바꿔달라고 하는 것이다. 그래서 막걸리를 갖다 줬다.

손님이 막걸리를 다 마시고나서는 돈도 내지 않고 가려고 하자,

"손님 막걸리 값을 내셔 야지요"하니,

그 손님 하는 말이, "여보 주인! 그 막걸리는 소주와 바꿔서 마신 것 아니요?"라고 하는 것이다.

"그러면 소주 값을 주셔야지요?"하니

"그 소주는 병마개도 따지 않았는데 무슨 소주 값이요?"라고 하자,

이 포장마차 주인 잠시 생각 하더니 "그렇군요."하고는 손님을 그냥 보내놓고 지금까지도 아리송하여 장사 못 해먹겠다고 고개만 꺄우뚱하고 있더란다.

그러니 이 친구 이런 계산법으로 장사 하다가는 집안 거덜 내기 십상이네.

아내의 성형수술

얼굴만 예쁘다고 여자냐 마음이 고와야 여자지, 얼굴은 못생겼어도 마음이 비단 같아서 한 남자가 이 여자와 결혼을 했는데,

그런데 아내가 50이 넘어서면서 더욱 얼굴이 흉해져 보이니 남편에게 성형수술을 시켜달라고 졸랐다.

아내의 성화에 남편도 아내가 젊고 예뻐지면 좋겠다 생각이 되어, 그렇게 해주고 싶었다. 그래서 부부는 솜씨가 가장 좋다는 성형외과를 찾아갔다.

의사가 몇 시간에 걸쳐 아내의 수술 견적을 계산 했다. 한참 후 의사는 아내를 잠시 내보냈다.

미소를 나누는

수술비가 얼마나 나오는지 궁금한 남편이 물었다.
“저, 견적이 어느 정도 나왔습니까?”

한참을 망설이던 의사는 결심한 듯 말했다.
“저기요 수술비를 위자료로 쓰시고 새장가를 드시는 편
이 훨씬 낫겠습니다.”

“이 일을 우짜면 좋겠노…”

길들인 놈이 날까 싶어서

어느 교회 여신도회에서 설교 중에 목사님이 질문을 했다.

"여러분들께서 죽었다 다시 태어서도 지금의 남편과 다시 결혼을 하고 싶으신 분 손 한번 들어보세요."

그런데 한 사람도 손을 드는 사람이 없자, 목사님 실망을 하며 다시 물어보았습니다.

"정말 지금의 남편과 다시 결혼하고 싶으신 분이 한 분도 안 계세요?"

이때 맨 뒤쪽에 앉아 계신 처음 교회에 나오신 할머니

한 분이 손을 번쩍 들었습니다.

목사님께서 감탄을 하시면서,
"할머니 고맙습니다. 그런데 할아버지께서 엄청 잘 해 주시나보지요?"

그러자 할머니 하시는 말씀.
"잘 해주긴 뭘 잘해줘? 사내놈들이란 바꿔봤자, 다 그 놈이 그 놈인 기어! 그러니, 그동안 길들인 놈이 날까 싶 어서지."

우리 애가 병이 나서

어떤 젊은 여자가 애완견을 안고서 지하철을 탔는데 강아지가 깡깡 짖어대서 차안이 시끄러워졌다.

승객 중 한 사람이 짜증 섞인 말로 "그 강아지 새끼가 왜 자꾸 짖고 난리를 피웁니까?"하고 핀잔을 주니, 이 여자 하는 말이 "우리 애가 병이 나서 그러는데 다음 역에서 내릴 거예요!"하고 신경질적으로 대꾸를 하는 것이다.

이때 옆자리에 앉아 있던 할머니 하시는 말씀.

"아니 아줌마, 조심하시지. 어쩌다가 강아지 새끼를 낳았어요?"

미소를 나누는

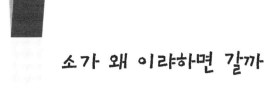

소가 왜 이랴하면 갈까

소가 '이랴'하면 간다. 어째서 '이랴'하면 갈까?

옛날 한 농촌에서 농사를 지으며 살아가는 부인이 있었는데, 힘이 장사라 여장부로 이름이 나 있었다. 하루는 밭갈이를 끝내고 소를 끌고 집으로 돌아오는데, 소가 따라오지를 않고 버티고 있는 것이다.

부인 생각에 소도 종일 밭갈이를 해서 힘이 몹시 드나보다 하고 소를 업고서 갈까했으나 다리가 걸려 업을 수가 없어서 소다리를 꽉 잡고 번쩍 들어 머리에 이고 갔다.

소는 부인의 머리위에 배가 눌려 숨이 가빠서 죽을 지경이라 발버둥을 쳤지만, 워낙 부인의 힘이 어찌나 센지

꼼짝도 할 수가 없었다.

한참을 가다가 내려놓으니 소는 이제 살았다하고 잘 따라가더란다. 그런데 얼마를 가다가 소가 또 따라오지 않자,

이 부인은 소가 또 힘이 드나보다 생각하고 소에게 또 '이랴?'하니 소는 겁이 나서 후다닥 따라가더란다.

그래서 그때부터 소가 '이랴'하면 간다고 한다.

미소를 나누는

남편이 바뀐 이야기

경기도 안성의 어느 농촌 마을에 술을 너무나 좋아하는 사람이 역시 호주가로 소문난 이웃마을 사람과 사돈을 맺었다.

두 사돈은 모두 애주가인지 호주가인지 술을 몹시 좋아하는 사람들이었다. 추수를 마친 늦가을에 용돈 마련을 위하여 안성장날에 곡식을 소등에 싣고 장터로 향했다.

때마침 저쪽 사돈도 소등에 곡식을 싣고 장터로 가다가 두 사돈이 만났다.

두 사돈은 소에 싣고 간 곡식을 모두 팔고서 약속대로 주막집으로 갔다. 원래 술을 좋아하는 사람들인지라 소는 주막집 마당에 매어놓고 밤이 깊도록 마셔서 몸도 가누지 못할 정도로 취하게 되었다.

그믐밤이라 달도 없고 깜깜한 밤인데, 술은 정신없이 마셔서 몸도 제대로 가누지 못하니, 주막집 주인은 몸을 부추겨서 마당에 매어놓은 소등에 태워서 떠나보낸다는 것이 그만 소를 바꿔 태우고 말았다. 밤은 칠흑같이 어두우니 사방을 분간할 수가 없었다.

소는 어두워도 자기가 자주 다니던 길이라 방울소리를 내며 제집마당으로 당도해서 외양간 앞에 섰다. 안방에서 불을 끄고 영감을 기다리며 졸고 있던 마누라가 소 방울 소리에 눈을 부비며 나가서 술이 몹시 취한 영감을 부추 겨서 안방에 옷을 벗기고 뉘었다. 그리고 마누라도 옆에 서 잠이 들었다.

새벽이 되자 마누라는 영감 해장국을 끓여주려고 일찍 일어나서 부엌에 나가고, 영감은 속이 쓰리고 아파 잠에 서 깨어 소변을 보려고 일어나 보니, 자기 집이 아니었다.

깜짝 놀란 영감이 급히 옷을 입고 밖으로 몰래 빠져나

미소를 나누는

왔다. 도무지 생각이 나지 않는다.

날이 밝아오자 사돈집이라는 것을 알고는 줄행랑을 쳐서 자기 집으로 돌아오니 마누라가 부엌에서 나오며 하는 말이

"술이 아직도 덜 깼소? 왜 자다 말고 어디 갔다 오는 계요?"하고 물으니, 이 영감 무엇이 궁금했는지 "어제 밤 별일 없었소?"라고 하더란다.

그 사돈도 새벽에 줄행랑을 친 모양이다. 우리 모두 술 조심들 하자.

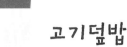

고기덮밥 시켰는데

어떤 사람이 식당에 들어가서 '소고기덮밥'을 주문했다. 음식이 나와서 보니 소고기가 전혀 보이지 않아서 기분이 상한 이 손님 주인을 불렀다.

"여보 주인! 소고기덮밥에 소고기는 눈을 씻고 봐도 안 보이니 어찌된 거요?"라고 따졌다.

그러자 주인이 대답하기를 "손님도 참, 아니 붕어빵 속에 붕어가 들어 있고 천사의 집이라고 쓴 집에 가면 천사들이 살고 있습디까?"라고 하더란다.

이렇게 나오니 따지는 사람이 바보가 될 수밖에.

70

장수의 비결

병원에서 80대 노인을 신체검사를 해보니 50대의 젊음을 간직하고 있더란다. 이런 경우를 처음 보는 의사가 이 노인에게 건강의 비결을 물었다.

이때 노인의 말이 "나는 결혼 초에 가정의 평화를 위하여 만약 내가 화를 내는 일이 있으면 아내가 부엌으로 피하고, 아내가 화를 내면 내가 집 앞의 공원 한 바퀴를 돌고 오도록 굳게 약속을 했는데, 한평생 사는 동안에 날마다 공원으로 피할 일이 생겨서 이렇게 건강을 유지하고 있나보다"고 하더란다.

그러니 건강하게 오래 살려면 공처가로 살아가는 것이 비결인가보다.

누나 가슴

신병이 들어오자 고참 하나가 물어봤다.

"야. 너 여동생이나 누나 있냐?"
"네. 누나 한 명 있습니다."

"그래 몇 살이냐?"
"24살입니다."

"이쁘냐?"
"네. 이쁩니다."

그때 내무반 안의 시선이 모두 신병에게 쏠리면서

미소를 나누는

"그래 키가 몇인가?"
"168입니다"

"몸매는 ?"
"미스 코리아 뺨칩니다."

왕고참이 다시 끼어들며 말했다.

"야, 오늘부터 얘 건들지마! 건드리는 놈들은 죽을 줄
알아! 넌 나와 조용히 대화 좀 해보자. 근데 니 누나 가슴
크냐?"
"네. 큽니다."

갑자기 내무반이 조용해지더니 별 관심을 보이지 않던
고참들까지 모두 모여 들었다.

"어? 니가 어떻게 알아? 니가 봤냐?"

신병이 잠시 머뭇거리다가
"네. 봤습니다."

고참들이 모두 황당해하며 물었다.

"언제 어떻게 봤는데? 임마! 빨랑 말해!"

그러자 신병 하는 말.

"우리 조카 젖 줄 때 봤습니다."

미소를 나누는

코가 뭉개진 돌중

깊은 산중에서 돌중 하나가 산을 내려오다가, 젊고 예쁜 여인을 만나자 다짜고짜 덤벼들었다. 실랑이 끝에 돌중의 제의로 글짓기내기로 승부를 가려 각자의 소원을 들어주기로 했다. 돌중의 소원은 뻔~한 것이고, 부인의 소원은 돌중의 코를 베어받기로 단단히 약속을 했다. 10행시를 짓데 운자(韻字)를 일, 이, 삼, 사, 오, 육, 칠, 팔, 구, 십으로 돌중이 멋대로 정하고, 먼저 수작을 걸었다.

일 : 일룡사 중이

이 : 이룡사 가는 길에

삼 : 삼거리에서

사 : 사대부집 부인을 만났으니

오 : 오감이 불통이라

육 : 육협을 쳐보니

칠 : 칠괘도 좋지만

팔 : 팔괘는 더욱 좋더라

구 : 구십춘광 좋은날

십 : ×(거시기) 한번하자

이렇게 엉큼한 수작을 걸어오는 것이다. 이번에는 부인이 받을 차례다. 화가 난 부인 큰소리로 읊어 나갔다.

일 : 일부종사가 여자의 도리이거늘

이 : 이부종사 있을 소냐

삼 : 삼강이 있고

사 : 사리가 분별한데

오 : 오라를 질 돌중 놈아

육 : 육환장 휘어잡고

칠 : 칠홉장 둘러메고

팔 : 팔도강산 다니며

구 : 구걸하는 것이

십 : ×(거시기)냐?

하고 소리치니 돌중 놈은 다음 글을 이어갈 실력이 없어

코를 베어주게 되자, 날 살려라하고 줄행랑을 치다가 그만 돌 뿌리에 걸려 엎어지면서 코가 뭉개졌다고 한다. 거짓말 같다고요? 글쎄요.

유머 속담풀이

- 남녀칠세부동석

  지금은 남녀칠세 지남철이라오.

- 남아일언이 중천금

  요새는 남아일언이 풍선껌이라던데.

- 암탉이 울면 집안이 망한다.

  암탉은 알이나 낳고 울지 수탉이 울면 날만 새더라.

- 가는 말이 고와야 오는 말이 곱다

  천만의 말씀. 지금은 목소리 큰놈이 이긴다고, 가는
  말이 거칠어야 오는 말이 곱다오.

미소를 나누는

– 윗물이 맑아야 아랫물이 맑다.

　윗물은 흐려도 여과되어 내려오니 맑기만 하더라.

– 서당 개 삼년이면 풍월을 읊는다.

　당연하지요 식당개도 삼년이면 라면도 끓인 답디다.

– 개천에서 용 난다.

　개천이 오염되어 용은커녕 미꾸라지도 안 난다오.

– 금강산도 식후경

　금강산 구경은 배고픈 놈만 가나? 먹는 타령부터하
게.

– 처녀가 애를 나아도 할 말이 있다

　처녀가 애 낳았다고 벙어리 되나?

– 닭 잡아먹고 오리발 내민다.

　닭과 오리를 다 잡아먹었으니까.

– 굶어 보아야 세상을 안다.

　굶어보니 세상은커녕 하늘만 노랗더라.

– 콩으로 메주를 쑨대도 곧이 듣지 않는다

요즘사람 메주를 쒀봤어야 콩인지 팥인지 알지.

– 하늘이 무너져도 솟아날 구멍이 있다

하늘까지도 부실공사를 했나? 무너지게.

– 떡본 김에 제사 지낸다.

옛날사람은 떡만 가지고 제사 지냈나?

– 눈먼 놈이 앞장선다.

보이지 않으니 앞인지 뒤인지 알 수가 있나?

– 도적 보고 개 짖는다.

앞을 봐도 도둑 뒤를 봐도 도둑 모두가 도둑인데 밤
낮 짖어야하나?

– 젊어서 고생은 금을 주고도 못 산다.

천만에요. 젊어서 고생은 늙어서 신경통 온다오.

미소를 나누는

지옥과 천국

당연히 지옥으로 갈 거라고 생각한 주정뱅이가 죽어서 하늘나라로 갔는데, 예수님 제자 베드로가 나타나서 하는 말이 "지옥으로 가겠소? 천국으로 가겠소?"하고 물었다.

잠시 생각한 주정뱅이 이왕 얻은 기회를 잘 활용하고자, "천국과 지옥 양쪽을 잠시 구경(관광)하고 결정하면 안 되겠습니까?"하고 물었다. 그랬더니 베드로는 흔쾌히 승낙을 해주며 지옥과 천국을 출입할 수 있는 여권을 내주며 가이드(안내원)까지 붙여주었다.

이 여권을 들고 가이드를 따라 먼저 지옥에 가 보니 술집도 보이고 카지노에 고스톱 치고 있는 사람들이 많았습니다. 거기에 예쁜 여자까지도 많이 있는 것이 아닌가.

다음에는 천국을 가보았다. 거기에는 모든 사람들이 흰 옷을 입고 황금보석으로 장식한 의자에 앉아서 함께 찬양만 하고 있는게 아닌가.

그 주정뱅이는 천국이 너무나도 따분하고 재미없어 보였다. 그래서 술과 예쁜 여자들이 많은 지옥에 더 구미가 당겼다.

베드로에게 "지옥으로 가겠습니다. 지옥으로 보내주세요."라고 하자, "후회는 하지 않겠지?"하며 먼저 내주었던 여권을 다른 것과 바꿔 주었다.

바꾼 여권을 들고 지옥으로 간 주정뱅이는 깊은 굴속으로 끌려갔고 용광로처럼 뜨거운 곳에 던져졌다. 그러자 주정뱅이가 깜짝 놀라며 "아까 그곳과 다르지 않습니까?" 하고 항의를 하자, 베드로가 하는 말.

"이 사람아, 아까 여권은 관광비자였고, 지금 것은 영주권이야!"

미소를 나누는

산부인과 안내방송

산부인과 대기실로 안내방송이 나왔습니다.

일산에서 오신 손님 옥동자를 순산하셨습니다.

잠시 후 두 번째 방송,
이문동에서 오신 손님 여자 쌍둥이입니다.

세 번째 방송,
삼성동에서 오신 손님 아들 세 쌍둥이입니다.

네 번째 방송,
사당동에서 오신 손님 아들 둘에 딸 둘, 네 쌍둥이입니다.

다섯 번째 방송,
오류동에서 오신 손님 아들 둘에 딸 셋, 다섯 쌍둥이입니다.

이렇게 안내방송이 끝난후 대기 하고 있던 남편 중 한 사람이 긴장한 모습으로 덜덜 떨고 있는 것입니다.

이를 본 사람이 왜 이렇게 떨고 있냐고 묻자,
"저는 구파발에서 왔거든요"라고 하는 것이다.

이 말을 듣고 있던 사람 왈,
"뭐 그 정도를 가지고 긴장합니까? 나는 천호동에서 왔구요. 이 분은 만리동에서 왔대요."

엉큼한 염라대왕

저승염라국에 기생과 도둑놈과 의사 세 사람이 잡혀 와서 심문을 받고 있는 것이다.

염라대왕이 먼저 기생에게 "너는 세상에서 무엇을 하고 지냈느냐?"하고 물었다. 기생 대답이 "얼굴에 분 바르고 예쁜 옷 입고 젊은 사람들을 위로해주었다"고 하자

염라대왕은 "그래. 젊은 사람들을 위로해주고 사기를 높혀주었으니 다시 세상에 돌아가서 잘 살다가 오라."고 하는 것이다.

다음에는 도둑놈에게 묻기를 "너는 뭘 하고 살았느냐?" 하니, "네, 저는 부잣집에 들어가서 돈 훔치고 물건 훔쳐

서 쓰다가 남으면 가난한집에 나눠주곤 했다."고 하니

염라대왕 "그것은 서로 공평하게 살려고 했으니, 너도 즉시 나가서 맘껏 살다가 오라."고 하는 것이다.

마지막으로 의사에게 물었다. "너는 풍채도 좋은데 대관절 세상에서 뭘 했느냐?"하고 물었다. 그러자 이 사람 대답이 "마을에 병난 사람 있으면 즉시 약을 써서 목숨을 구해주었다고"고 하자

염라대왕 화가 머리끝까지 나서 나졸들에게 "저놈을 당장 묶어서 지옥 기름가마에 쳐 넣어라! 내가 병든 인간들을 불러도 번번이 거역하고 안 나타나기에 무슨 일인가 했더니, 이 작자가 야로를 부렸구나."하고 야단을 치는 것이다. 그러자 이 의사 꽁꽁 묶여 지옥 길로 끌려가는 것이었다.

잠시 후에는 여자 세 명이 또 염라대왕으로부터 심문을 받는 것이다.

염라대왕은 위엄을 갖추고 하는 말, "너희들 세상에서

사는 동안 남자관계가 어땠는지 숨김없이 이실직고 하렸다."하고 호령이 떨어지자, 첫번째 여자가 "전 결혼 전에도 정절을 지켰고, 결혼 후에도 남편만 알고 살았습니다."라고 하자, 염라대왕은 "어허. 갸륵한지고. 여기 열쇠를 받아라."하였다.

그러자 여자가 "이게 무슨 열쇠입니까?"하고 묻자, "천국문 안에 있는 특실 열쇠니라."

두번째 여자도 하는 말이 "전 결혼 전에는 몇 명의 남자가 있었지만, 결혼 후에는 한눈 팔지않고 남편만 섬기며 살았습니다."라고 하자, 염라대왕은 "그래 결혼 전이야 어쨌든 결혼 후에는 조신하게 살았으니 여기 열쇠 받아라."

여자가 "이게 무슨 열쇠입니까?"하고 묻자, "천국문 안에 있는 3등실 열쇠인데 변두리에 있는 곳이라 한참 걸어가야 할 것이다."

다음 세번째 여자가 "전 보시다 싶이 얼짱, 몸짱이다보니 결혼 전에도 무수히 많은 남자들이 따라다녀서 밤마다

작살냈으며, 결혼 후에도 수많은 남자들과 정을 통하며
저의 테크닉으로 아작을 냈습니다."라고 하자,

염라대왕 하는 말, "이런 고약하고 발칙한 것! 넌 아주
음탕하기 그지없는 계집이구나. 여기 열쇠를 받아라!"

이때 여자가 "지옥문 열쇤가요?"라고 묻자,
염라대왕 호탕하게 웃으며 "아니다 내 방 열쇠니라."

염라대왕도 엉큼한 바람둥인가 보네!

미소를 나누는

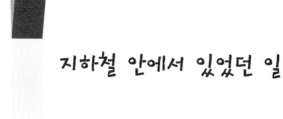

지하철 안에서 있었던 일

지하철을 탔는데 맞은편에 젊은 남녀 한 쌍이 앉아 있고 그 옆자리에는 할어버지 한분이 앉아서 졸고 있었다.

그런데 이 젊은이들은 주변 사람들을 의식하지도 않고 서로 끌어 안고 애정표현을 어찌나 진하게 하는지 보기가 참으로 민망할 지경이다.

이때 내 옆자리에 앉아있던 할아버지 이 광경을 보다 못해 눈살을 찌푸리고

"여기가 모텔이여, 여관이여!"

라고 소리치니 이들은 당황하여 어쩔 줄을 몰라 하는데

이들 옆자리에서 졸고 있던 할아버지는 자기보고 소리치
는 줄 알고,

　"남이야 졸든 말든 당신이 뭔 상관이여?"

미소를 나누는

뜻 모르는 흉내 화를 자초 한다

서해안 조타리(鳥打里) 나루터 부근에서 고기잡이로 근근히 살아가는 어부가 있었다.

하루는 오랫동안 병환으로 고생하시던 친구의 부친이 세상을 뜨셨다는 부음(訃音)을 받았다. 문상(問喪)을 가야 하는데, 이 사람 문상을 한 번도 가본 일이 없어서 어떻게 해야 하나하고 걱정을 하며 상가(喪家)집으로 길을 떠났다. 해변을 따라 가다가 요기도 할 겸 다리도 쉴 겸 주막집으로 들어가서 점심식사를 하게 되었다.

식사가 끝난 후에 옆자리에 앉아있는 손님과 서로 인사를 하게 되었다.

"처음 뵙겠습니다."

"네, 피차일반입니다."

"저는 조타리에 사는 이 서방입니다."라고 하니,

"아, 네. 저는 어이도(魚耳島)에 사는 김 서방입니다. 헌데 댁은 어디로 가는 길입니까?"하고 묻는 것이다.

"저는 소리산 넘어 친구네 집으로 문상을 가는 길입니다."라고 대답을 하자 그 쪽에서도 그 친구네로 문상을 가는 길이라고 한다. 길동무를 만난 것이다.

그러자 조타리 사람 문상 하는 법을 몰라 걱정이 되던 차에 옳다 됐다 동행인을 만났으니 이 사람에게 물어보면 될 것이라 생각했다.

"이거 참 부끄러운 말이지만 저는 아직 문상을 해 본적이 없어서 문상하는 법을 모르니, 좀 가르쳐 주십시요."라고 말을 하자,

어이도 사람 하는 말이 "문상하는 법은 별것 아니니 가르치고 말고 할 것 없고 내가 하는 대로만 따라 하십시요"라고 하는 것이다.

미소를 나누는

얼마를 가서 친구네 동네에 들어서자, 조타리 사람 잔뜩 긴장을 하고, 어이도 사람의 거동만 살피며 상갓집에 다다르니, 갓을 고쳐 쓰고 빈소가 있는 방으로 들어가는데, 어이도사람 그만 갓이 문틀에 걸려 벗겨질 뻔했다. 이 사람은 원체 키가 컸던 모양이다.

뒤를 따르던 조타리 사람은 키가 작기 때문에 그 사람 하는 대로 하려고 문턱에 올라서서 깡충 뛰어서 갓을 문틀에 부딪치고는 어이도 사람 하는 대로 빈소 앞에 섰다.

그리고는 어이도사람이 "어이, 어이"하며 곡(哭)을 하더니 절을 하다가 그만 실수로 방귀가 나왔다.

이때 조타리 사람 생각에 이 사람이 어이도에서 왔다고 '어이, 어이'하나보다 생각하고, 자기는 조타리에서 왔다고 "조타, 조타"하고는 절을 하면서 방귀를 뀌어야 하는 줄 알고 아랫배에 힘을 주니, 방귀는 안 나오고 오줌만 찔끔 나오고 말았다.

그리고는 상제에게 절을 하고서는 하는 말이
"여보게 나는 방귀를 못 뀌어서 미안하네. 하지만 오줌

방울은 나왔으니 방귀 값에 가겠지?"라고 했다.

남이 하는 대로 따라 하다가 망신만 톡톡히 당하고 말았다.

자동차를 운전 하다보면 남의 차가 하는 대로 따라하는 습성이 생긴다고 한다. 앞차가 자기 차를 앞지르면 자기도 다른 차를 앞지르고 싶은 충동을 일으킨다.

차가 많이 밀려서 신호대기에 짜증이 났을 때에 앞차가 신호를 무시하고 불법회전을 하면, 너도 나도 다 따라서 위반하게 된다.

이렇게 되니 운행 질서가 문란해지고 교통사고가 발생하기도 하지만, 그때는 이미 엎지른 물이 된다.

남들이 해외여행 가고 고급 자가용 굴린다고 빚 얻어 여행 떠나고 고급차 사서야 되겠는가?
이웃집 여자가 고급 명품 옷을 사 입었다고 카드 긁어서 명품 옷을 사 입는다면 이 가정은 금방 거덜이 날 수밖에 없다.

사치와 낭비를 하는 사람과 허랑방탕하는 사람을 따라서 흉내를 내다보면, 집안이 거덜 나기 마련이다. 즉 허영심을 버리라는 것이다.

허영이란 겉치레 장식하는 것. 겉모습을 꾸미는 것이다. 옛날부터 동서양을 막론하고 사람의 악덕 중의 하나가 허영심이라고 할만큼 허영은 비판의 대상이었다. 허영은 지나친 겉치레요, 과장된 행위이며, 분수에 맞지 않는 사고 방식이다.

우리 모두 뜻 모르는 흉내는 내지 말고 허영심을 버리고 분수에 맞게 열심히 살아갈 때 가정이 건강해지고 사회가 건강해진다는 것을 잊지 말아야 할 것이다.

물벼락 맞은 사나이

골목길을 걸어가던 사람이 난데없이 물벼락을 맞았다.
화가 나서 물을 버린 여자에게 야단을 쳤다.

"눈이 멀었어? 어디다가 물을 벼려?"

그러자 그 여자도 화를 내면서
"당신은 눈도 없어? 왜 보고도 안 피해?"라고 하는 것
이다.

더욱 화가 난 이 사람.
"내가 당신이 버리는 걸 봤어야 피할 것 아니야?"하니

"그럼 내가 버리는 것도 못 봤다면서 왜 나한데 따져?"

미소를 나누는

이렇게 나오니 뭐라고 해야 하나,
막가 파 여자가 아닌지 모르겠네.

어느 유치원에서

강남의 한 유치원에서 선생님이 아이들에게 질문을 했다.

"여러분! 참새가 어떻게 울지요?"
"짹짹 울어요."

"맞았어요 그러면 병아리는 어떻게 우나요?"
"삐약 삐약 울어요."

"그렇지요 아주 잘 맞혔어요."
"그럼 제비는 어떻게 울까요?"

대답하는 아이가 없다.

미소를 나누는

"제비가 어떻게 우는지 아는 사람 없어요?"
요즘 제비가 없으니 알 리가 없지요.

이때 앞줄에 앉아 있는 카바레 집 아들놈이
"저는 알아요."하며 손을 들었다.

선생님이 "어떻게 우나요?"하고 묻자, 아이가 하는 말.
"싸모님, 싸모님하고 울어요."

이 아이는 집에 가서 엄청 맞았다네요.
애가 무슨 죄가 있다고 맞아야 했는지? 쯧쯧쯧.

2

살며 생각하며

- 지혜로운 삶-

행복하고 싶거든

한 사막에 조그만 오두막집을 짓고 사는 노인이 있었다. 그곳에는 맑은 샘물과 우거진 야자수가 있었다. 그 노인은 나그네들에게 시원한 샘물을 퍼주며 기쁨과 보람을 느끼며 살았다.

그런데 언제부터인가 나그네들은 물을 얻어 마시고 노인에게 몇 푼의 동전을 건네주었다.

처음에 노인은 이것을 대수롭지 않게 여겼으나, 금고에 동전이 쌓여가는 것을 보면서 욕심이 생기기 시작했다.

노인은 어느샌가 돈을 모으기에 몰두했다. 그리고는 샘물을 철저하게 관리하며 나그네들에게 돈을 받고 물을 팔기 시작했다.

어느 날 노인은 샘물이 점점 줄어들고 있다는 것을 깨달았다. 그는 잎이 무성한 야자수가 샘물을 흡수하고 있다고 생각하고, 야자수를 모두 잘라버렸다.

결국 샘물은 말라버렸고, 야자수가 만들어낸 그늘도 없어졌다. 그렇게 되자 아무도 노인의 오두막집을 찾지 않았다. 노인은 샘물을 찾아다니다 더위에 지쳐서 죽고 말았다.

인간은 남을 섬길 때 진정한 행복을 얻도록 창조된 것이다. 행복하고 싶거든 먼저 남을 행복하게 해주어야 함을 잊지 말아야 하겠다.

남의 손을 씻기다보면 내 손도 따라 깨끗해지고, 남을 즐겁게 해 주다보면 나도 따라 즐거워지니 나는 행복하다.

미소를 나누는

남에게 불을 밝히다보면 내 앞이 먼저 밝아지고, 남을 위해 기도를 하다보면 내 마음이 먼저 포근해지니 나는 행복하다.

행복은 스스로 만족하는 데 있다. 남과 비교해서 찾을 것이 아니라 스스로 만족할 수 있는 것이 중요하다.

진정 행복 하고 싶거든,

- 아낌없이 베푸십시오. 샘물은 퍼낼수록 맑은 물이 솟아난답니다.

- 먼저 부모를 공경하십시오. 자손대대로 번영합니다.

- 남의 말을 좋게 하십시오. 없던 복도 굴러온답니다.

- 웃음으로 시작하고 웃음으로 마감하십시오. 여기가 천국입니다.

- 기쁨을 수용하십시오. 기뻐하면 기뻐할 일만 생겨난답니다.

- 항상 감사하십시오. 감사할 때 천사의 손길이 나에게 다가옵니다.

- 진심으로 봉사하십시오. 10배, 100배로 축복이 펼쳐진답니다.

- 어떤 일에도 불평하지 마십시오. 불평은 불운을 끌고 다닌답니다.

- 가정은 행복을 만드는 성전입니다. 성전을 빛나게 하십시오.

- 끊임없이 기도하십시오. 기도는 영혼의 호흡입니다.

미소를 나누는

머니(Money)가 좋다

사람이 한평생 살아가는 데는, 네 가지가 있어야한다고
합니다.

첫째 : 10대 · 20대는 꿈이 있어야하고,
둘째 : 30대 · 40대는 멋이 있어야하고,
셋째 : 50대 · 60대는 품위가 있어야하고,
넷째 : 70대가 넘으면 돈이 있어야한답니다.

돈만 있으면 귀신도 부린다고, 돈으로 못할 일이 없다
고들 하지요. 하지만 돈은 좋은 하인 같지만 나쁜 주인이
기도하지요. 돈 때문에 인간은 아주 강해지기도하고 한없
이 약해지기도 합니다. 그래서 돈이란 구할 때 괴롭고, 지
킬 때 괴로우며, 잃을 때 역시 괴롭다고도 했습니다.

아무리 많은 돈을 가졌다 해도 옳게 쓸 줄을 모르면 근심거리만 늘게 되는 것이니, 돈이 많다고 다 부자는 아닌 것입니다.

돈을 미국말로는 '머니(Money)'라고 하지요.
그렇다면 '머니'중에서 어떤 '머니'가 좋을까요?

아이들이 좋아하는 머니는 '할 머니'
아저씨가 좋아하는 머니는 '아주 머니'

계란장사가 좋아하는 머니는 '에그 머니'
도둑놈이 좋아하는 머니는 '슬그 머니'

뭐니 뭐니 해도 제일 좋은 머니는 우리들의 '어 머니'지요.
흔히들 어머니는 여자로 알지만 사실 여자와 어머니는 다릅니다.

여자는 약하지만 어머니는 강합니다.
여자는 한 때 곱지만 어머니는 영원히 아름답습니다.

미소를 나누는

여자는 자신을 돌보려고 하지만
어머니는 자식을 돌보려고 합니다.

여자의 마음은 꽃바람에 흔들리지만
어머니의 마음은 태풍에도 견디어냅니다.

여자는 아기가 예쁘다고 사랑하지만
어머니는 아기를 사랑하기 때문에 예뻐합니다.

여자가 못하는 일을 어머니는 능히 해냅니다.

여자의 마음은 사랑받을 때 행복하지만
어머니는 사랑을 베풀 때 행복합니다.

여자는 제 마음에 안 들면 헤어지려 하지만
어머니는 우리 마음에 맞추려고 하나가 되려 합니다.

여자는 수없이 많지만 어머니는 오직 한 분뿐입니다.
어머니 여러분 많이 많이 사랑합니다.

어머니 만수무강 하시옵소서

참을 수가 없도록 이 가슴이 아파도
여자이기 때문에 말 한 마디 못하고
헤아릴 수 없는 설움 혼자 지닌 채
고달픈 인생길을 허덕이면서
아~~ 참아야 한다기에 눈물로 보냅니다.
여자의 일생~~

이미자가 부른 '여자의 일생'이란 노랫말입니다. 이것
이 우리어머니들의 삶이었습니다.

여자로 태어난 죄로(?) 한 남편의 아내로서, 엄한 시부
모의 며느리로서 자식들의 어머니로서 오직 희생의 제물
로만 살아온 것이 우리들 어머니였습니다. 또한 자식들도

미소를 나누는

어머니는 그렇게 살아도 되는 줄 알았습니다.

- 무더운 여름날 주린 배 졸라매고 하루 종일 밭에서 죽어라 힘들게 일해도 어머니는 그래도 되는 줄 알았습니다.

- 찬밥 한덩이로 대충 부뚜막에 앉아 점심을 때워도 어머니는 그래도 되는 줄 알았습니다.

- 한 겨울 냇물에서 맨손으로 빨래방망이질을 해서 손등이 갈라져도 어머니는 그래도 되는 줄 알았습니다.

- 배부르다 생각 없다 식구들 다 먹이고 나서 굶어도 어머니는 그래도 되는 줄 알았습니다.

- 손톱이 깎을 수조차 없이 닳고 문드러져도 어머니는 그래도 되는 줄 알았습니다.

- 아버지가 화내시고 자식들이 속을 썩여도 *끄떡없는* 어머니, 어머니는 그래도 되는 줄 알았습니다.

- 외할머니 보고 싶다! 외할머니 보고 싶다! 그것이 그
  냥 어머니의 넋두리인 줄만 알았습니다.

- 어느 날 한밤중에 자다 깨어 방구석에서 한없이 숨
  죽여 울고 계신 어머니를 본 후로는, 아~ 어머니는
  그러면 안 되는 것이었습니다.

어머니!
부르기만 하여도 목이 메이고 눈물이 납니다. 어머니!

굽어버린 허리는 속죄라도 하듯이 땅만을 바라보시며
오직 한 가지 당신의 염원이신 자식들 잘되기만 바라시는
어머니 가슴에 눈물로 핀 꽃송이를 달아드립니다.

모든 어머니들. 부디 만수무강 하시옵소서!

미소를 나누는

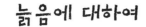

늙음에 대하여

나이가 들어 잘 안 보이는 것은
큰 것만 보고
멀리만 보고 살라는 것이고

귀가 잘 들리지 않는 것은
필요 없는 작은 소리는 듣지 말고
필요한 큰 소리만 들으라는 것이랍니다.

이가 시린 것은 연한 음식만 먹고
소화불량 없게 하라는 거구요.

걸음걸이가 부자연스러운 것은
매사에 조심하고 멀리 가지 말라는 겁니다.

머리가 희어지는 것은
멀리 있어도 나이 먹은 사람이란 걸
알아보게 하기 위한 조물주의 배려이구요.

정신이 깜박깜박하는 것은
살아온 세월을 다 기억하지 말라는 거래요.

살아온 세월을 다 기억하다보면
아마도 머리가 돌아 미쳐버릴 거구요.
좋은 기억 아름다운 추억만 생각하라는 거랍니다.

어르신들의 하루하루가
즐겁고 보람 있는 날이 되시기를 기원합니다.

미소를 나누는

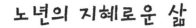

노년의 지혜로운 삶

늙으면 설치지 말고 미운소리 우는소리 헐뜯는 소리
그리고 군소릴랑 하지를 마소.
조심조심 일러주고 알고도 모르는 척 어수룩하소.
그렇게 사는 것이 편안 하다오.
이기려 들지 마소. 져 주시구려.
한걸음 물러서서 양보하는 것,
지혜롭게 살아가는 비결이라오!

돈. 돈 욕심은 버리시구려.
아무리 많은 돈 가졌다 해도 죽으면 그만 이라오.
많은 돈 남겨 자식들 싸우게 하지마소.
살아있는 동안 많이 뿌려 산더미 같은 덕을 쌓으시구려.
언제나 고마움 잊지를 말고 감사하며 지내시구려!

그렇지만 그것은 겉 이야기
정말로 돈 놓치지 말고 죽을 때까지 꽉 잡아야하오.
옛 친구 만나거든 차(술) 한잔 사주고
손주 보면 용돈 몇 푼 줄 돈은 있어야
늘그막에 내 몸 돌보고 모두들 받들어 준다나 보오.
우리끼리 말이지만 사실이라오!

옛날 일들일랑 모두 잊고 잘난체 자랑일랑 하지를 마소.
우리들의 시대는 이미 지나갔으니
아무리 버티려고 애를 써봐도
이 몸이 마음대로 되지를 않소.
그대는 뜨는 해 나는 지는 해 그런 마음으로 지내시구려.
나의 자녀 나의 손자 그리고 이웃 누구에게도
좋게 뵈는 늙은이로 지내시구려!

뭐니 뭐니 해도 건강이 제일이라오.
멍청해선 안 되오. 아프지도 마소.
친구 만나 수다 떨고 운동이나 열심히 하소.
그리고 아무쪼록 오래오래 건강하고 즐겁게 지내시구려.
이렇게 사는 것이 노년의 지혜롭게 살아가는 비결이라오!

미소를 나누는

정직이 행복이다

　꾀 많고 머리가 영리하다는 시골 새신랑이 별안간 열병을 앓다가 그만 귀머거리가 됐다. 처가에서 알면 신부를 데려갈까 두려워 귀먹은 사실을 숨기고 있었다.

　그런데 어느 날 장인께서 병이 나서 병원에 입원하였다가 차도가 있어서 지금은 퇴원하여 집에서 요양 중이라는 소식이 왔다.

　그러자 이 사위 장인의 병문안을 가야 할 터인데 귀머거리가 탄로 나겠고, 안 가자니 불효가 되겠고 생각 끝에 장인의 병이 좀 낫다고 했으니, 이에 대비하여 귀머거리가 탄로 나지 않게 장인과 대화를 할 수 있는 묘책을 생각해냈다.

즉 장인께 가서 "병환이 어떠하십니까?"하면 "좀 낫다고"할 것이니 "그거 참 다행이올시다."하면 될 것이고,

"약은 무슨 약을 썼습니까?"하고 말하면 "패독산을 먹었다거나 단발구론산을 먹었다"거나 무슨 말씀이 계실 터이니 이때도 "그 약 좋은 약이올시다"라고 하면 될 것이고, "의사는 어떤 분이 보셨습니까?"하고 물으면,

서울대병원 의사가 봤다거나 세브란스병원 의사가 봤다거나 무슨 말씀을 하실 터이니 이때도 "네. 그 어른 유명하십니다. 염려 하지 마십시오."하고 돌아오면 귀머거리도 탄로 나지 않고 병문안을 잘 갔다 올 것으로 생각했다.

다음날 아침 장인께 드릴 음식을 준비해가지고 처갓집에 당도하여 병석에 누워있는 장인 앞에 엎드리며 자기가 생각 했던 대로

"장인어른 병환이 어떠하십니까?"하고 아뢰니
"어제 밤에 또 열이 심하게 나니 아마도 죽으려나보네"라고 하는 것이다.

미소를 나누는

귀머거리가 그 말을 알아 들을이 없으니 그저 좀 낫다는 줄로 알고 "그거 참 다행이올시다."라고 했다. 이 말을 듣고 장인 화가 머리끝까지 났다.

이때 또 사위 하는 말 "약은 무슨 약을 쓰셨습니까?"라고 하니 화가 난 장인은 "쥐약을 먹었다 이놈"하고 소리치니 사위 또 하는 말 "네 그 약 참 좋은 약이올시다 그 병에는 그 약이 제일이올시다."라고 하는 것이다.

사위는 자기가 계획했던 대로 착착 진행 되는 줄 알고 더욱 신이 나서 하는 말이 "의사는 어떤 분이 보셨습니까?"하니 장인 벌떡 일어나며 "염라대왕이 왔다갔다"하고 버럭 화를 내니 "네. 그 분 유명 하십니다 염려 마십시오."하고는 돌아가려하자 한바탕 소동이 벌어지고 귀먹은 것이 금방 탄로가 나고 말았다.

속임수는 아무리 감추려고 해도 언젠가는 모두 탄로가 나기 마련이다.

영국 속담에 하루가 행복하려면 이발소에 가고, 일주일 행복 하려면 결혼을 하고, 한 달 행복하려면 말을 타고,

일 년 행복 하려면 집을 짓고 한평생 행복하려면 정직해야 한다고 했다.

1964년 한일협정을 반대하여 학생들의 데모가 한창일 때, 어떤 이는 하루가 조용하려면 경찰봉을 사용하고, 일주일 조용하려면 최루탄을 쏘고, 한 달 조용하려면 휴업령을 내리면 된다는 말로 세태를 꼬집기도 했다.

여하튼 사람이 살아가는데 있어 정직 이상 중요한 것이 없는 것이다.

우리들 모두 믿음이 가는 사회, 아름다운 사회, 사랑과 정이 넘치는 정직한 사회가 되도록 노력하자.

미소를 나누는

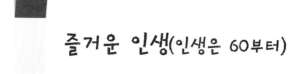

즐거운 인생(인생은 60부터)

우리 인생은 60부터
몸도 마음도 건강 하다오
70에 저승에서 데리러 오거들랑
집에 없더라고 전해주시오.

우리 인생은 60부터
언제나 기쁘고 즐겁게 살아간다오
80에 데리러 오거들랑
지금은 너무 이르다고 전해주시오.

우리 인생은 60부터
부족함 전혀 없이 신나게 살아간다오
90에 데리러 오거들랑

너무 재촉하지 말라고 전해주시오.

우리 인생은 60부터
항상 감사하며 후회 없이 살아간다오
100세가 지난 후에 데리러 오거들랑
때를 봐서 가겠다고 전해주시오.

미소를 나누는

아버지의 속마음

육남매를 둔 아버지가 있었습니다. 자식들은 모두 장성하여 시집장가 보내서 따로 살고 있고, 그런대로 잘들 살고 있습니다.

하지만 막내딸만은 시집 보낸 지 10년이 넘도록 자리도 잡지 못하고 힘들게 살고 있습니다.

가난한 상인에게 시집간 뒤 그나마 남편이 병들어 일찍 세상을 떠나는 바람에 아이들과 월셋방에서 노점 행상 파출부 등으로 근근이 살고 있습니다.

아버지의 칠순 잔칫날이 와서 잔치가 벌어졌습니다. 따로 나가살던 아들, 며느리들이 오고 딸, 사위들이 선물을 사 들고 왔습니다.

예쁜 옷을 입은 손자, 손녀들이 할아버지를 위해 무용
도 하고 노래도 불러 드렸습니다. 또한 많은 하객들이 와
서 축하도 해줍니다.

잔치는 늦도록 이어졌습니다. 그런데 저녁 때가 다 되
도록 막내딸은 오지 않았습니다.

아버지는 겉으로는 기쁜 척했지만 내심 막내딸 생각에
속은 편치가 않았습니다. '얼마나 힘들면 이런 날도 오지
못하나?' 아버지는 남모르게 한심만 내쉽니다.

날이 저물어 하객들과 아들딸네 식구들이 모두 돌아갔
습니다. 곧 밤이 되어 사방이 어두워졌습니다. 그때 아버
지는 불현듯 마음에 짚이는 게 있었습니다.

'혹시 이 녀석이 밖에 와 있으면서도 남 보기가 부끄러
워 안 들어오는 것은 아닐까?'
아버지는 급히 문밖으로 나가 보았습니다. 그러나 아무
도 없었습니다.

아버지는 실망하고 서성대고 있을 때 어둑한 골목 전봇대 뒤에서 작고 떨리는 음성이 들려왔습니다.

"아버지"

아버지는 얼른 그 쪽으로 가 보았습니다. 역시 막내딸이 서 있었습니다. 갓난 아이는 업고 한 손에는 큰애를 붙들고 있었습니다.

"왜 이렇게 늦었니? 어서 들어오지 않고"

"그저 부끄러운 생각에…"

막내딸은 말을 잇지 못하고 얼버무렸습니다. 그러더니 주머니에서 무엇인가를 꺼냅니다.

"아버지 생신 축하드려요. 이것 제가 집적 짠 거예요"

하얀 털장갑이었습니다.

"저 걱정없어요. 열심히 살고 있어요. 아이들만 조금 크면 금세 자리 잡을 거예요."

막내딸은 그렇게 말하고는 고개를 떨구었습니다.

"그래그래"

아버지는 딸이 준 털장갑을 꼭 쥐었습니다. 그리고는 저도 모르게 감정이 복받쳐 와락 딸을 끌어안았습니다.

많은 자식 중에 한 자식이라도 못 사는 자식이 있으면 항상 마음 아파하는 것이 부모의 마음이랍니다.

그러니 언제나 마음 편할 날이 없는 것도 어머니뿐만이 아니고 아버지의 마음도 마찬가지랍니다.

아버지!
뒷동산의 바위 같은 이름입니다.
시골 마을의 느티나무 같은 크나큰 이름입니다.

여러분!
아버지에 대하여 다시 생각해 보겠습니까? 아버지의 깊은 가슴 이해하고 오늘 아버지에게 전화 한 통화라도 해 보십시오.

아니면 가슴속에 있는 그분을 향해 "아버지!"라고 한번 크게 불러보세요. 어쩌면 아버지는 정말 외로워도 자식에게 피해를 줄까봐 말 못한 채 당신 혼자 울고 계실지 모른답니다.

미소를 나누는

어머니 마음

어느 시골 농촌 마을에 젊어서 혼자되신 홀어머니가 농사일을 하며, 외아들을 애지중지 키웠다. 남편한데 쏟아야 할 애정까지도 합쳐서 아들을 사랑했다. 아들이 커서 대학에 진학을 시킬 때에도 어려운 농촌 살림이지만, 아들의 출세를 위하여 서울로 유학을 보낸 이 홀어머니는 아들이 서울에서 대학을 다니고 있는 것만으로도 큰 자랑이고 보람이었다.

방학 때가 되어 아들이 돌아오면, 그렇게 기쁘고 반가울 수가 없다. 일 년에 한두 번 내려올 때마다 홀어머니는 아들이 먹을 음식장만하기에 여념이 없다.

넉넉하지 못한 살림에 값진 반찬이래야 겨우 동태 한

마리 사다가 국 끓이는 것이 고작이지만, 정성 드려 국을 끓여 알이 통통 이밴 몸뚱이 부분은 아들 국그릇에 넣고, 머리토막 하나만 당신의 국그릇에 넣고서는 "어두일미(魚頭一味)라, 나는 머리부분이 맛이 더 있더라."하시며, 늘 머리부분만 먹었다. 이 아들은 어머니의 그 말씀이 사실인줄로만 알았다.

그 후 세월도 흘러 아들이 학업을 마치고 직장 생활을 하고 있었다. 몇 해가 지나 아들도 의젓한 아버지가 되었다.

어느 명절날 시골 어머니에게 문안을 드리려 내려갔다. 어머니는 역시 반가이 아들을 맞았다. 그리고는 예전과 다름없이 동태 국을 끓여놓고, "생선은 머리가 더 맛이 있지"하시며 머리토막 하나만 를 어머니 국그릇에 다 넣고, 아들 국그릇에는 살이 통통한 몸뚱이토막을 담아놓고는 어머니가 동태머리를 먹으려 하자, 그 순간 어른이 된 아들은 자기 국그릇과 어머니 국그릇을 살며시 바꿔놓으면서 "어머니! 저도 이제는 동태의 머리가 더 맛이 있다는 것을 알았습니다."라고 울먹이며 조용히 말을 했다. 이 순간 모자는 감격의 눈물을 흘리며 한참 동안이나 말을 잃

미소를 나누는

고 울었다.

아들의 눈물은 어머니의 마음을 늦게야 깨달은 죄 의식
도 있고, 또한 어머니의 무한한 사랑에 대한 감사의 눈물
이었고, 어머니의 눈물은 아들이 장성하여 부모의 마음을
알아주어 대견해서 흘린 눈물이었을 것이다.

부모가 자식에게 준 사랑은 만분의 일만 보답해도 효자
라는 옛말이 있고 또한 부모가 죽으면 산에다 묻지만 자
식이 죽으면 가슴에다 묻는다고 했다.
부모의 죽음은 자식들은 쉽게 잊을 수 있지만, 자식의
죽음은 평생 잊을 수가 없다는 것이다.

요즘은 핵가족이니 직장생활이니 하며, 부모와 헤어져
서 사는 자식들이 많아졌고, 또한 자식들도 바쁜 나날을
보내다보면 자칫 부모를 잊기가 쉽다.
효도란 자식으로서 부모님께 감사하는 마음가짐이지 부
모님께 진수성찬으로 대접하는 것만이 아니다.

어머니의 국그릇과 자기의 국그릇을 바꿔놓는 그 마음
가짐이 바로 효도라고 생각한다. 자식도 눈 깜짝할 사이

에 부모가 되는 것이 자연의 법칙이다.

더 늦기 전에 부모가 동태의 어느 부분을 드시는지 가끔 살펴보아야 할 것이다.

어버이 살아 실제 섬기길랑 다 하여라
지나간 후면 애 닳다 어이 하리
평생에 고쳐 못할 일이뿐인가 하노라. (정철)

미소를 나누는

조강지처

조강지처란 누구나 다 아는 바와 같이 가난해서 밥을 굶으며, 지게미 밥이라도 먹으며 매운 고생이라도 나눌 각오가 되어 남편과 자식들의 뒷바라지를 하는 아내를 말한다.

어떤 부자 노인이 마누라 둘을 거느리고 있었다. 애교는 없지만 착하고 어진 조강지처와 애교가 철철 넘치고 얼굴도 예뻐서 눈에 넣어도 아프지 않을 귀여운 첩을 두고 있었다.

이 노인은 건강하고 오래 살기가 소원이라서 항상 보약을 장복하는데, 큰마누라가 달여 오는 약은 어떤 때는 약탕기에 약이 철철 넘치게 가져오기도 하고, 어떤 때는 약이 쫄아 약탕기에 반도 안 되게 달여 오니 밉살스럽기만 하다.

그러나 그 예쁜 작은 마누라가 약을 달이면 항상 마시기에 알맞게 칠홉 탕기로 달여 오니 귀엽기만 하다.

하루는 큰마누라의 약 달이는 것을 숨어서 감시했다. 약을 불에 올려놓고는 애들 치다꺼리하랴, 집안 청소하랴, 한 참 바쁘게 일을 하다가 그만 약 짤 시간을 넘기게 되어 약의 양이 적어지기도 하고 어떤 때는 냇가로 빨래를 가거나 텃밭에 나가기 위하여 몇 번씩 약 끓는 탕기를 들 쳐 보다가 밖에 나간 사이에 약을 태울까 걱정이 되어 조금 미리 약을 짜다보니 약이 탕기에 가득 차기도 한다.

한편 작은 마누라는 어떻게 약을 달이나 하고 숨어서 보니, 약을 불에 앉혀 놓고는 방에 들어가 낮잠을 자다가 그만 약을 태워 약이 탕기의 밑바닥에 깔리면 물을 찔끔 찔끔 부어서 칠 홉 탕기를 만들어 오기도 하고, 외출을 하려고 얼굴치장을 하다가 나와서 약이 덜 달여졌어도 기다리기가 싫어 그대로 짜서 약탕기에 약이 넘치면, 칠 홉 탕기가 되도록 쭈르르 쏟아버리고 가져 오는 게 아닌가.

미소를 나누는

이 광경을 본 노인은 그렇게 애지중지 놓칠 새라 꼭 쥐면 깨질까 걱정이고, 놔주면 날라 갈까 걱정이던 작은 마누라였지만, 그의 속마음을 알고서야 정남이가 떨어져 어떻게 그대로 둘 수 있겠는가? 결국은 쫓아내고 말았다는 것이다.

나도 50년을 함께 살다가 금혼식(金婚式)을 3개월 앞두고 저 세상으로 먼저 보낸 아내를 생각해 본다.

1950년 6·25전쟁에서 유엔군이 후퇴할 때에 북한에서 애들을 데리고 월남하여 피난생활을 했다. 누구나 6·25때에 고생 안한 사람은 없지만, 어린아이가 둘이나 있다고 셋집도 얻기가 힘들었다.

특히 내가 공직생활 하여 갖다 주는 월급이래야 50년대의 말단 공무원 월급으로는 두세 식구 살아가기도 힘든 때인데 집세 전기세 물세 내고, 애들 사친회비 내면 얼마나 남겠는가? 적지 않은 생활비를 쪼개고 또 쪼개서 육남매를 키우고 뒷바라지를 했으니, 그 심정이 어떠했는지 짐작이 된다.

한 녀석이 탈이 나서 병원에 갔다 오면, 또 다른 놈이 아프단다. 학교에 간 큰애들은 사친회비 안 냈다고 쫓겨와서 울고불고…

가지 많은 나무 바람 잘날 없고, 새끼 많은 송아지 길마 벗을 날 없다는 속담이 거짓말이 아니었다. 나는 어릴 때 비교적 부유한 집의 막내아들로 태어나서 별 고생이나 어려운 것을 모르고 자랐으니 자립심도 약했다. 나이가 들어서도 남편의 권위만 세우려고 했지, 집안일이나 아내가 하는 일에는 조금도 도와주거나 생각해 준 적이 없었으니, 지금 생각하면 참으로 한심하기 짝이 없었다.

더구나 아내는 사십대 초반에 당뇨병이 발병하여 삼십 년 가까이 투병생활을 했다. 그 후 당뇨병의 합병증으로 한쪽 눈은 실명으로 시력이 약화되고, 고혈압과 고지혈증으로 세 번이나 쓰러졌으니 먹을 것 마실 것 마음대로 먹지 못하고, 가고 싶은 여행 한번 제대로 가지 못했다.

나는 아내를 사랑했다. 그러나 마음속으로만 사랑했지, 아내들이 그렇게도 듣고 싶어하는 사랑한다는 말, 좋아한다는 말, 그리고 고생한다는 말을 무엇이 무서웠는지

미소를 나누는

한 번도 해주지 못했다.

지금 생각하면 그렇게 후회가 되는지 모른다. 살아있을 때에 제대로 해 주지 못한 것이 두고두고 한으로 남아 있다.

세상의 남편들이여! 살아가는 동안 진정으로 아내를 아끼고 사랑해주자. 그리고 사랑 한다는 말 자주 해주자.

10대 부부는 서로가 뭣 모르고 살고,
20대 부부는 서로가 아기자기 신나게 뛰면서 살고
30대 부부는 서로가 눈코뜰새 없이 바쁘게 살고,
40대 부부는 서로가 헤어 질수 없어 마지못해 살고,
50대 부부는 서로가 흰머리 늘어나는 것을 보고 가여워서 살고,
60대 부부는 서로가 등 긁어 줄 사람 없어 필요해서 살고,
70대 부부는 서로가 긴 세월 살아준 것이 고마워서 산다고 했다

젊은 부부들이여!

30대, 40대의 젊음이 그리 긴 세월이 아니다. 눈 깜짝할 사이에 60대, 70대가 다가온다는 것을 알아야 한다. 그리 긴 세월도 아닌데 서로가 고독을 씹으며 체념하고 사는 일이 없도록 항상 서로 위하고 사랑하며 후회없이 아름답게 살아 가기를 바라는 바이다.

  부부는 공기(空氣)와 같은 존재인 것이다. 공기가 없으면 잠시도 살수가 없다. 그러면서도 사람들은 그 공기의 고마움을 자칫 잊고 산다. 마찬가지로 남편이나 아내가 없다면, 얼마나 외롭고 쓸쓸할 것인가? 그런데도, 함께 있을 때에는 그 고마움을 자칫 잊기가 쉽다. 초년부부는 연인같이 살고, 중년부부는 친구같이 살고, 노년부부는 아내가 남편의 간호사로 산다고 했다.

  아무쪼록 아내를 아끼고 사랑하는데 최선을 다하여, 아름답고 행복하게 살아가도록 하자!

미소를 나누는

촌년 10만원

여자의 홀몸으로 힘든 농사일을 하며 판사 아들을 키워 낸 늙으신 어머니는 밥을 한 끼 굶어도 배가 부른 것 같고, 잠을 청하다가도 아들 생각에 가슴 뿌듯함과 오뉴월 폭염의 힘든 농사일에도 흥겨운 콧노래가 나는 등 세상을 다 얻은 듯해 남부러울 게 없어 늘 감사하며 즐겁게 지냈습니다.

이런 어머니는 한해 동안 지은 농사 추수를 끝내고 자식들 무공해식품 먹인다고 손수 지은 참깨 들깨로 기름 짜고 고추방아 찧어서 이고 지고 세상에서 제일 귀한 아들을 만나기 위해 서울 한복판의 아들 집을 향해 가벼운 발걸음을 재촉해 도착했으나, 이날따라 아들만큼이나 귀하고 귀한 며느리가 집을 비우고, 눈에 넣어도 아프지 않은 손자만이 집을 지키고 있었습니다.

아들이 판사이기도 하지만 부잣집 딸을 며느리로 둔 덕택에 시골 노모의 눈에 신기하기만 한 살림살이에 눈을 뗄 수 없어 집안 이리저리 구경하다가 뜻밖의 물건을 보게 되었습니다. 그 물건은 바로 가계부였습니다.

부잣집 딸이라 가계부를 쓰리라 생각도 못했는데 며느리가 쓰고 있는 가계부를 보고 감격을 해 그 안을 들여다보니 각종 세금이며 부식비, 의류비 등 촘촘히 써내려간 며느리의 살림살이에 또 한번 감격을 했습니다.

그런데 조목조목 나열한 지출 내용 가운데 어디에 썼는지 모를 '촌년 10만 원'이란 항목에 눈이 머물렀습니다. 무엇을 샀기에 이렇게 쓰여 있나 궁금증이 생겼으나 매달 빼놓지 않고 같은 날짜에 지출한 돈이 물건을 산 것이 아니라 바로 자신에게 용돈을 보내준 날짜라는 것을 알게 되었습니다.

어머니는 머릿속이 하얗게 변하고 아무런 생각도 나지 않아 한동안 멍하니 서 있다가 아들 가족에게 줄려고 무거운 줄도 모르고 이고지고 간 물건들을 주섬주섬 다시 싸서 마치 죄인이 된 기분으로 도망치듯 아들의 집을 나와 시골집으로 되돌아갔습니다.

가슴이 터질듯 한 기분과 누군가를 붙잡고 이야기를 하고 싶어도 할 수 없는 분통을 속으로 삭히기 위해 안간힘을 쓰고 있는 가운데 금지옥엽 판사 아들로부터 전화가 걸려 왔습니다.

"어머니 왜 안주무시고 그냥 가셨어요?"라는 아들의 말에는 빨리 귀향길에 오른 어머니에 대한 아쉬움이 하나가득 배어 있었습니다. 노모는 가슴에 품었던 폭탄을 터트리듯 "아니 왜? 촌년이 어디서 자-아!"하며 소리를 지르자 아들은 "어머니 무슨 말씀을…"하며 말을 잇지 못했습니다.

어머니는 "무슨 말? 나보고 묻지 말고 너의 방 책꽂이에 있는 가계부한테 물어봐라 잘 알게다."며 수화기를 내팽개치듯 끊어 버리는 것이었습니다. 아들은 가계부를 펼쳐 보고 어머니의 역정이 무슨 이유인지 알 수 있었습니다.

그렇다고 아내와 싸우자니 판사집에서 큰소리난다고 소문이 날 것이고 때리자니 폭력이라 판사의 양심에 안 되고 그렇다고 이혼을 할 수도 없는 노릇이라 사태 수습을 위한 대책마련으로 몇날 며칠을 무척이나 힘든 인내심이 요구 됐습니다.

그러던 어느 날 바쁘단 핑계로, 아내의 친정 나들이를 뒤로 미루던 남편이 처갓집을 다녀오자는 말에 아내는 신바람이나 선물 보따리며 온갖 채비를 다 한 가운데 친정 나들이 길 내내 입가에 즐거운 콧노래가 끊이질 않았고 그럴 때마다 남편의 마음은 더욱 착잡하기만 했습니다.

처갓집에 도착해 아내와 아이들이 준비한 선물 보따리를 모두 집안으로 들여보내고 마당에 서있자, 장모가 "아니 우리 판사 사위 왜 안 들어오는가?", 그러자 사위가 한다는 말이 "촌년의 아들이 왔습니다. 촌년 아들놈이 감히 이런 좋은 집에 들어 갈 수 있습니까?"하고는 차를 돌려가버리고 말았습니다.

다음날 어머니로부터 전화가 왔습니다. "어제 밤 우리집에 사돈내외와 네 처가 와서 엎드려 죽을 죄를 지었으니 한번만 용서해 달라며 밤새도록 비는데 잘못을 진심으로 뉘우치는 것을 알게 되었다. 그래서 용서 해주고 그 촌년이란 말을 잊기로 했다"는 전화였습니다.

그 후부터 촌년 10만 원은 온데간데없고 시어머님 용돈 50만 워이란 항목이 며느리 가계부에 쓰여 있었습니다. 이 아들의 지혜와 어머니의 쉽지 않은 자애로운 용서는 어설픈 일상에서 청량함을 느끼게 합니다.

부전자전

영국의 유명한 소매치기가 불란서의 유명한 여자 소매
치기와 결혼을 했다. 얼마 안 가서 임신이 되어 10개월
만에 아들을 분만했다. 그런데 분만실에서 아기를 받은
간호사가 손에 끼고 있던 금반지를 잃어 먹었다고 법석을
떨고 갔다. 아무리 찾아봐도 갈 데가 없는데 이상한 노릇
이다.

잠시 후에 갓난아기를 목욕을 시키다 꼭 쥐고 있는 아
기의 손을 펴보니 반지가 있더란다. 부모들이 유명한 소
매치기라 뱃속에서 태교로 배운 것이 소매치기 얘기뿐이
었으니 뱃속에서 나오면서부터 자기를 받아준 간호사의
반지를 소매치기 한 것이다.

미소를 나누는

또한 고층 아파트에 불이 났는데 13층에서 살고 있는 아버지와 어머니 그리고 아들이 뛰어내렸는데 모두 다친 데가 하나도 없다. 어떻게 다친 데가 하나없이 사뿐히 내려 왔을까? 아버지는 카바레에서 여자들을 상대로 등 쳐 먹고 사는 제비족(?)이고 어머니는 남자들을 등쳐먹는 날라리(?)고 아들은 비행소년이라 감쪽같이 내려올 수가 있었단다. 이렇게 아버지와 어머니가 소매치기고 제비족이고 날라리들이니 듣고 보고 배우는 게 비행밖에 또 있겠는가?

어머니가 애들을 데리고 건널목을 건널 때 신호등에 빨간불 들어와 있는데도 기다리기가 지루해서 지나가는 차가 없다 싶으면 어린이 손을 잡고 막 건너다녔다. 그러면서도 애들이 혼자서 집을 나가면 길을 건널 때 신호등에 파란불이 켜졌을 때만 건너가라고 한다. 애들은 어머니와 같이 건널목을 지날 때 신호를 지켜 본 적이 별로 없으니, 신호를 지킬 리가 없다.

그러다가 사고가 난 다음에야 후회를 하게 된다. 어려서부터 정의롭고 근면성실하고 법을 지키는 일을 습관화시켜 잠재의식을 심어주어야 한다. 부모가 자식에게 주는 말은 그 자식에게 지혜가 되는 것이다.

때로는 삶의 방향을 잡아주는 길잡이가 되기도 하고, 거친 비바람을 피해가는 따뜻한 안식처가 되기도 한다. 살아가다가 너무 힘들어서 절망에 빠질 때, 세상에서 나 혼자 외톨이가 된 것 같은 쓸쓸하고 막막할 때, 중대한 결정을 앞에 놓고 자신이 없을 때, 그 머릿속에 제일 먼저 떠오른 것은 어머니 모습과 어머니가 항상 하시던 말씀인 것이다.

인간이 태어나 소속되는 가장 작은 규모의 집단이 바로 가정이다. 가정에서 일정 기간의 성장을 거쳐서 사회로 내보내지기 때문에 가정은 한 사람이 올바로 성장하는데 있어서, 정말로 중요한 모든 지식과 성격을 길러내는 깨끗한 장소인 것이다.

그래서 가정교육은 한 인간의 인격화 과정의 출발점이며, 그 사회를 구성하는 구성원들의 최초의 교육마당이라고 할 수 있다. 저마다 가족들 서로의 배려가 불충분하거나 소홀하다면 그 사회는 병든 사회이거나 많은 문제를 안고 있다고 해도 무리가 아닐 것이다. 아무리 머리가 뛰

미소를 나누는

어나고 박식한 학자라 할지라도 어린시절에 가정교육을 제대로 받지 못했다면, 따뜻한 인간미 넘치는 사람으로 성장하기는 어려울 것이다.

따라서 어린이의 인격형성에 절대적으로 영향을 끼치는 사람은 부모와 형제 즉 가족 구성원들이다. 선과 악의 구별, 도덕과 감정, 정서의 씨앗이 뿌려지는 최초의 시기를 어떻게 보내느냐에 따라서 그 사람의 일생이 좌우된다고 해도 틀린 말이 아니다.

유년시절에 터득한 도덕의 기준은 무의식 중에 그의 기질과 습성 인격을 형성하는 중요 인자가 된다. 아이에게 있어서 가장 중요한 시기는 유년시절이다. 보이는 대로 모방하면서 학습하고, 자신의 세계를 만들어 나가기 때문이다.

다시 말해서 어른들의 일거수일투족이 자라나는 어린이들에게 얼마나 큰 영향을 미치는지, 어른들 부모들이 명심해야 한다. 그래서 예로부터 충신이나 효자의 가문에서 충신 효자가 나온다는 말이 진실이라는 것을 다같이 자각하여야 할 것이다.

자식은 부모를 모방하고, 학생은 선생을 모방하고, 청소년은 기성세대를 모방 하는 것이니 아무쪼록 아이들이 아름답고, 즐겁고 곧게 자랄 수 있도록 최선을 다하는 부모가 되도록 하자!

미소를 나누는

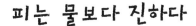

피는 물보다 진하다

옛날 어떤 마을에 형제가 살고 있었다. 이 형제는 부모의 재산 상속 문제로 사이가 좋지 않았다. 동생은 아버지의 유산을 제대로 나누어주지 않았다고 형에게 불평하며, 형과 담을 쌓고 살았다.

형은 형대로 줄만큼 주었는데 동생이 욕심이 많다고 노발대발이었다. "친구들 중에도 물불을 가리지 않고 목숨까지 같이 할 사람이 많은데, 형이나 동생이 이런 친구만도 못하다."며 서로 왕래도 하지 않고 원수같이 생각하고 있었다.

두 형제의 아내들은 남편들을 설득시키려고 애를 썼으나 막무가내였다. 오히려 두 동서끼리 만나는 것도 철저

하게 막고 있었다. 두 동서는 남편들과는 달리 의가 매우 좋아서 "어떻게 하면 남편 형제를 의좋게 만들까"하고 고심했다.

하루는 동생이 형에 대하여 의리 없는 사람이라고 욕을 하며 친구들이 형보다 걱정도 해주고 자기를 위하여 애를 쓴다고 하며 형은 있으나마나 한 사람이라고 불평이 대단하다. 이때에 동생의 아내되는 사람이 남편에게 말했다. "기쁜 일 즐거운 일에는 남들이 축하도 해주고 도와주기도 하지만 어렵고 궂은 일에는 그래도 피붙이밖에 없다." 고 계속 설득을 시켰으나 들은 척도 하지 않는다.

그래서 동생네 내외는 한번 시험을 해보기로 했다. 아내는 작은 돼지 한 마리를 잡아서 가마니에 말아 둘러메고 남편이 가장 믿는다는 친구의 집을 찾아갔다. 비바람이 몰아치는 어두운 밤이라 부부의 몰골이 말이 아니었다. 남편이 친구집 대문을 두드리니 이때 친구가 나오며 "웬일인가?"하고 물었다.

"친구, 나 좀 살려주게, 내가 실수를 해서 사람을 죽였는데 이 시체 좀 자네 집에 숨겨 줄 수 없겠나? 제발 좀

미소를 나누는

부탁하네."

남편이 가장 믿는다는 친구는 깜짝 놀라며 눈이 둥그래져서 하는 말이 "여보게, 빨리 가게. 우리 집사람이 알면 큰일이네. 이웃 사람이 알까 무섭네. 어서 가주게."하며 대문을 걸어 잠그고 도망치듯 집안으로 들어가 버리는 것이다.

그래서 이번에는 남보다도 못하고, 믿기 그지없는 형네 집으로 가서 아내가 문을 두드렸다.

"아주버님 이이를 살려 주세요"
"형님 제가 실수를 해서 사람을 죽였어요. 시체를 가지고 왔으니 형님네 집에 좀 숨겨 주세요."

형님은 대문밖에 나와 사방을 살피더니 "어쩌다 이런 큰 실수를 했는가. 빨리 들어오게"하면서 마루 밑에서 곡괭이를 찾아들고 방으로 들어가더니 잠자는 부인을 깨워 이부자리를 걷어치우고 구들장을 뜯는 것이다. 방고래 속에 감추려는 속셈이다.

방고래를 뜯어놓자, 동생 하는 말, "형님 정말 고맙습니다. 그간 제가 죽을죄를 지었습니다." 하며 큰절을 하고는 찾아온 사유를 말하고 형수와 아내에게도 사죄를 하고 역시 피는 물보다 진하다는 것을 깨닫고 의좋은 형제로 지냈다는 것이다.

또한 이 이야기는 형제간의 의를 좋게 하거나 나쁘게 갈라놓는 힘이 여자 동서들에게 있다는 것을 말해주고 있다. 그래서 아내가 남편을 잘못 만나면 자기 몸 하나만 망치는 것이지만, 남편이 아내를 잘못 만나면 가문을 망친다고 했다. 그만큼 아내의 역할과 위치가 중요하다는 것을 명심해야 할 것이다.

미소를 나누는

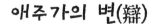

애주가의 변(辯)

애주가의 술 마시는 핑계를 보면

장사가 잘 된다고 마시고,

장사가 안 된다고 마시고,

기분이 좋다고 마시고,

기분이 나쁘다고 마시고,

옛 친구 만났다고 마시고,

그 친구와 헤어진다고 마시고,

생일 집에서 마시고,

회갑 집에서 마시고,

상가 집에서 마시고,

동창회라고 마시고,

송별회라고 마시고,

환영회라고 마시고,

단합대회라고 마신다.

이것도 모자라서
월요일에는 월급 탔다고 먹고,
화요일에는 화난 일 있다고 먹고,
수요일에는 수지맞았다고 먹고,
목요일에는 목마르다고 먹고,
금요일에는 금방 먹고도 또 먹고,
토요일에는 토 할 때까지 먹고,
일요일에는 일 끝냈다고 먹는다.
이러니 안 먹는 날이 없다.

술이란 마셨다하면 모두 정신이 없답니다.
사장은 여자에 취해 정신이 없고,
상무는 술래 취해 정신이 없고,
과장은 눈치 보기에 정신이 없고,
계장은 빈병 헤아리기에 정신이 없고,
마담은 돈 세기에 정신이 없답니다.
이러니 무두가 정신이상자가 되는 거지요.

그리고 주도(酒道)에는 4대원칙(4大原則)이 있다.

미소를 나누는

첫째 : 평등의 원칙(平等의原則)

　상하의 구분 없이 똑같은 술친구로 대해야한다.

둘째 : 불사양의 원칙(不辭讓의 原則)

　남이 권하는 술잔은 사양하지 말아야하고 받은
잔은 되돌려 주어야한다.

셋째 : 불쌍배의 원칙(不双盃의 原則)

　술잔은 짝수로 먹지 안는다. 1.3.5.7.9잔으로 마
셔야한다. 그래서 1무(無). 3소(小). 5과(過). 7
리(利). 9족(足)이라고 했다. 즉 한 잔 술은 없는
법이고, 석 잔 술은 적고, 다섯 잔에 과하지 않으
면, 일곱 잔은 이롭고, 아홉 잔에 족하다. 여기서
더 마시면, 추태가 되고, 다음은 개가 된다.

＊그래서 첫 병째 마실 때는 이 선생 하고 부르던
상대를, 두 병째는 이 형, 세 병째는 여보게, 네
병째는 오~이, 다섯 병째는 야~, 여섯 병째는
이 새끼. 일곱 병째는 구급차에 실려 간다.

넷째 : 5불문의 원칙(5不問의 原則)

　(1) 주효불문(酒肴不問) : 안주는 좋고 나쁘고

묻지 않는다.

(2) 입좌불문(立座不問) : 선술집이든 요리 집이
든 묻지 않는다.

(3) 청탁불문(淸濁不問) : 맑은 술이든 막걸리든
가리지 않는다.

(4) 선외불문(先外不問) : 외상술이든 맞돈(先金)
으든 묻지 않는다.

(5) 가사불문(家事不問) : 가사 일은 묻지 말고
마셔야 술맛이 난다고.

한때는

미국사람이 먹는 '위스키'는 연애질 하려고 먹고,

소련사람이 먹는 '뽀드카'는 다와이 하려고 먹고,

일본사람이 먹는 '마사무네'(正宗)는 거짓말 하려고 먹고

한국사람이 먹는 '막걸리'는 마누라 칠려고 먹는다는

말이 유행되기도 했다

"화 반개호(花半開好)요, 주 미취호(酒未醉好)라. 꽃은
반만 핀 봉오리 꽃이 좋고, 술은 취하기 전이 좋다."는 채
근담에 있는 말입니다.

또한 노름은 봉창에 망하고 술은 해장에 망한다는 충언

미소를 나누는

도 있듯이 과음은 건강을 해치고 사회질서를 어지럽히는 것이니 취하기 위하여 마시는 술이 아니라 사교와 멋으로 마시는 음주문화가 정착되도록 노력하여야 하겠다.

남편의 존재와 여자의 운명

남편의 존재

집에 두고 나오자니   걱정덩어리

같이 나오자니   짐 덩어리

혼자 내보내자니   사고 덩어리

술만 먹었다하면   골치 덩어리

젊어서는   말썽 덩어리

늙어서는   주책 덩어리

마주 보고 있으면   웬수 덩어리

이래저래   애물 덩어리라네요.

그러나 이거 다 옛말이지요. 지금은 세상이 바뀌었습니
다. 남편이 밥도 짓고 집안 청소와 설거지까지도 해야됩
니다. 그래야 집안에 평화가 깃들고 웃음꽃이 핀답니다.

미소를 나누는

여자의 운명

똑똑한 여자도	예쁜 여자에겐 못당하고,
예쁜 여자도	시집 잘 간 여자에겐 못당하고,
시집 잘 간 여자도	자식 잘 둔 여자에겐 못당하고,
자식 잘 둔 여자도	건강한 여자에겐 못당하고,
건강한 여자도	세월 앞에는 못당한다오.

세월 앞에 못 당하는 것이 어찌 여자뿐이겠소. 이 세상 모든 남녀가 따로 없다오.

나이 들고 병들어 자리에 누우면 잘난 사람 못난 사람 너나 할 것 없이 남의 손 빌려 하루하루 살다 가는 것이 우리들 인생이라오.

우리가 살면 100년을 살겠소. 1000년을 살겠소? 살다 가는 길에 이름은 남기지 않더라도 가는 길 뒤편에서 손가락질 하는 사람이나 없도록 허망한 욕심 모두 버리고 베풀고 비우고 양보하고 조용히 살다가 떠나야지요.

지혜로운 사람의 입

버스 안에서 다른 사람의 발을 밟았을 때도 "실례 했습니다"라고 사과하면 "괜찮습니다."라는 말이 돌아올 것이다. 그런데 발을 밟아놓고도 시치미를 뗀다면, 상대는 멸시당한 듯이 느껴져 자칫 싸움으로 번질 수도 있다.

"남의 발등을 밟았으면 미안하다는 말 한마디는 해야하지 않소?"
"아니, 당신은 뭐 발바닥 밑에 눈깔 붙이고 다녀?"
"야! 이거 적반하장도 이만저만 아니네"
하며 상대를 아래위로 노려본다.

이때 또 하는 말
"왜 째려?"

미소를 나누는

"째렸으면 내 눈깔로 째렸지 네 눈깔로 째렸냐?"

"요것 봐라? 언제 봤다고 반말 지껄이야?"

"언제보긴 언제 봐, 지금 봤다 왜? 어쩔래?"

이렇게 시비가 계속 되다가 주먹이 오고가고, 발길질이 오고가고 큰 싸움으로 번지기도 한다. 이럴 경우 상대방의 입장을 고려해서 상황에 적합한 말을 한다면 상대방의 심리를 부드럽게 하여 흐뭇한 인간관계가 되지만, 잘못하면 상대방의 심리를 자극해 결국 인간관계도 험악해지고 만다.

칼날에 베인 상처에서는 피가 나고 말로써 베인 상처에서는 피는 나지 않지만, 그것이 아물기까지는 오랜 시간이 걸린다. 내가 입힌 상처가 지금은 당장은 후유증을 유발하지 않았더라도, 그 불쾌한 기분은 오래도록 남아 있다가 언젠가는 무섭게 폭발할지 모른다.

'가는 말이 고와야 오는 말이 곱다'는 속담이 있다. 하기야 요즘은 목소리 큰놈이 이긴다고 자동차 접촉사고가 났다하면 우선 큰소리부터 치고 보자는 사람들이 있다. 그래서 가는 말이 거칠어야 오는 말이 부드럽다는 우스갯

소리까지 생겨났다고 한다. 이래서야 되겠는가?

말이란 마음의 표시이며 거울인 것이다 아무리 학식이 뛰어나고 사회적 지위가 높다해도 그 사람의 입에서 저속하고 비열한 말만 나온다면 어떻겠는가? 쉽게 흥분하고 심지어 욕설을 거침없이 내뱉는다면 그 사람자체를 다시 보게 될 것이다.

지혜로운 사람의 입은 가슴에 있고, 어리석은 사람의 가슴은 입에 있는 것이다. 언어는 '사상의 옷'이며 그 자체로도 자동적으로 나오는 힘을 가지고 있다. 인류의 진보 또한 언어의 위력에 의해서 이루어진 것이다. 따라서 말 한마디가 긴 인생을 만드는 것이다

무심코 들은 비난의 말 한마디가 잠 못 이루게 하고, 정 담아 들려주는 칭찬의 말 한마디가 하루를 기쁘게 한다. 부주의한 말 한마디가 파괴의 씨가 되어 절망의 기름을 붓고, 사랑의 말 한마디가 소망의 뿌리가 되어 열정에 불 씨를 당긴다.

진실한 말 한마디가 불신의 어둠을 거두어가고, 위로의

미소를 나누는

말 한마디가 상한 마음을 아물게 하며, 전하지 못한 말 한마디가 평생 후회하는 삶을 만들기도 한다.

말 한마디는 마음에서 태어나 마음에서 씨를 뿌리고 생활에서 열매를 맺는다. 짧은 말 한마디가 긴 인생을 만들고, 말 한마디에 마음은 웃기도하고 울기도 하지만 그러나 긴 인생이 짧은 말 한마디의 철조망에 갇혀서는 안 된다.

그럼으로 우리 모두는 언어를 존중하고 경의를 표하며 아름답게 사용토록 노력하자.

너무나 듣고 싶은 말

어느 부흥집회에서 목사님이 설교 중 질문을 했습니다.

"세상에서 가장 차가운 바다는 '썰렁해'입니다. 그럼 세상에서 가장 따뜻한 바다는 어디일까요?"

성도들이 머뭇거리자 목사님께서 말씀하시기를

"그것은 황해도 아니고 지중해도 아니고 남해도 아니고 '사랑해'입니다. 우리 모두의 마음이 항상 따뜻하고 잔잔한 바다와 같이 넓고 깊은 사랑하는 마음이길 바랍니다."

집회가 끝난 후, 평소 무뚝뚝한 남편으로부터 사랑한다는 말을 한번 듣는 것이 소원이었던 한 여집사는 집에 가

미소를 나누는

서 남편에게 온갖 애교를 부리며 목사님과 같이 질문을 했습니다.

"여보, 내가 문제를 하나 낼게 한번 맞추어보세요, 세상에서 가장 차가운 바다는 '썰렁해'랍니다. 그럼 세상에서 가장 뜨거운 바다는 무슨 바다일까요?"

남편이 머뭇거리자, "이럴 때 내가 제일 듣고 싶어 하는 말이고, 당신이 나에게 해주고 싶은 말, 거 있잖아?"라고하자, 남편은 웃음을 지으며 자신 있게 아내에게 하는 말.

"열 바다!"

그만 따뜻한 바다라고 하는 것을 뜨거운 바다라고 했으니 '열바다'라고 했지요.

여러분 행복한 가정을 이루십시오. 서로에게 섭섭했던 일들은 가슴에 깊이 묻어버리고 서로에게 고마워해야 할 일들만 헤아려 보십시오. 그리고 서로에게 '사랑한다'는 말은 아무리 해도 아깝지가 않는 말이고 천 번이나 만 번을 들어도 싫지가 않는 말 입니다.

사랑해!

이 한마디는 마법의 언어입니다 아무리 화가 나고 미움
이 쌓여도 사랑한다는 말 한마디가 흔적도 없이 지워줍니
다.

가난한 사람도 부자인 사람도 사랑 앞에는 동등합니다.
부자의 사랑이 멋질 이유도 가난한 사람의 사랑이 초라할
이유도 없습니다. 사랑으로 타인의 마음을 헤아린다면 풍
요로운 기쁨을 맛보게 됩니다. 자신을 비우고 조건 없이
사랑하면 피곤하거나 지치지가 않습니다.

누구의 가슴에 내려도 감동이 되는 사랑한다는 말 한마
디는 세상에서 가장 아름다운 꽃입니다.

성서(전13:13)에 보면 '믿음, 소망, 사랑, 이 세 가지는
항상 있을 것인데 그 중에서 제일은 사랑이라'고했습니
다.

사랑만이 우리에게 진정한 희망 입니다.

미소를 나누는

부부간의 사랑, 가족 간의 사랑뿐만 아니라 모든 이웃에게 사랑을 열심히 전하시는 여러분이 되시기를 바랍니다.

남녀의 만남에는

예쁜 여자를 만나면 삼 년이 행복하고
착한 여자를 만나면 삼십 년이 행복하고

지혜로운 여자를 만나면
삼 대가 행복하다.

잘 생긴 남자를 만나면
결혼식 세 시간의 행복이 보장되고

돈 많은 남자를 만나면
통장 세 개의 행복이 보장되고

가슴이 따뜻한 남자를 만나면

미소를 나누는

평생의 행복이 보장된다.

내가 만난 이 사람이 가슴이 따뜻한 남자

그리고 가장 예쁘고 착하며
지혜롭기까지 한 여자이길 바라는 마음…

그 마음만 갖고 살면,
정말 보인다. 행복한 인생이…

어느 시어머니의 이야기

남편을 잃고 혼자 몸으로 외아들을 대학 보내고 집 장만해서 장가를 보낸 홀어머니.

이만큼을 했으면 부모로서 할 역할을 했다고 생각한 어머니는 이제 아들놈 장가보내 놓았으니 효도 한번 받아보자싶 은 욕심에 아들 내외를 끼고 살고 있었답니다.

집 장만 따로 해줄 형편이 안 돼서 어머니 명의로 있던 집을 아들 명의로 바꿔놓고는 함께 살고 있었답니다. 남편 먼저 세상 떠난 후 아들 대학까지 공부 가르치느라 공장일이며 목욕탕 때밀이며 파출부며, 생전 처음 안 해본 일이 없이 고생을 해서인지 몸이 성 한데가 없어도 어쩐지 아들 내외한테는 쉽게 어디 아프다는 말하기가 눈치가

미소를 나누는

보이더래요. 무릎관절이 안 좋아서 매번 며느리한테 병원비 타서 병원 다니는 자기 신세가 왜 그렇게 한스러운지. 모든 시어머니들이 이렇게 며느리랑 함께 살면서 눈치 보면서 알게 모르게 병들고 있을 거래요.

어디 식당에 일이라도 다니고 싶어도 다리가 아파서 서서 일을 할 수가 없으니 아들한테 짐만 될 거 같은 생각마저 들더랍니다. 며느리가 용돈을 처음엔 꼬박 잘 챙겨 주더니 2년 전 다리가 아파서 병원을 다니면서부터는 병원비 탓인지 용돈도 뜸해지더래요. 그래도 이따금씩 아들놈이 지 용돈 쪼개서 꼬깃꼬깃 주는 그 만원짜리 세네 장에 내가 아들놈 하나는 잘 키웠지하며 스스로를 달래며 살았답니다.

그런데 이따금씩 만나는 초등학교 동창들한테 밥 한끼 사줘 보지도 못하고 얻어만 먹는 게 너무 미안해서 용돈을 조금씩 모았는데, 간혹 며느리한테 미안해서 병원비 달라 소리 못할 때마다 그 모아둔 용돈 다 들어 쓰고 또 빈털터리가 되더래요. 그래서 정말 친구들한테 맘먹고 밥 한번 사야겠단 생각에 아들 퇴근 길목을 지키고 서 있다가 "애야, 용돈 좀 다오. 엄마 친구들한테 매번 밥 얻어먹기 미안해서 조만간 밥 한 끼 꼭 좀 사야 안 되겠나?"

어렵게 말을 꺼냈더니만 아들 하는 말이 "엄마, 집사람한테 얘기할게요." 그리곤 들어가더래요. 그렇게 아들한테 용돈 이야길 한 지 일주일이 넘도록 아무런 답이 없어서 직접 며느리한테 "아가야, 내 용돈 쫌만 다오. 친구들한테 하도 밥을 얻어 먹었더니 미안해서 밥 한 끼 살란다."했더니 며느리 아무 표정도 없이 4만 원을 챙겨 들고 와서는 내밀더랍니다. 4만 원 가지고는 15명이나 되는 모임친구들 5천 원짜리 국밥 한 그릇도 못 먹이겠다 싶어서 다음날 또 며느리를 붙들고"용돈 좀 다오."했더니 2만 원을 챙겨 주더래요. 그렇게 세 차례나 용돈 이야길 꺼내서 받은 돈이 채 10만 원이 안 되더래요.

그래서 어차피 내가 밥 사긴 글렀다 싶어서 괜한 짓을 했나 후회가 되더랍니다. 차마 병원비도 달라 소릴 더 못하겠더래요. 자식 놈들 살기 어려운데 뭘 자꾸 바라나 싶어서 자기 자신을 나무라면서 덩그라니 방에 앉아 집 지키는 강아지 마냥 자도 자도 좀처럼 가지 않는 시계만 쳐다보게 되더랍니다.

가만히 생각해 보니 괜히 돈을 달랬다 싶어져서 며느리

미소를 나누는

한테 받은 돈을 들고 며느리 방으로 가서 화장대 서랍에 돈을 넣어 뒀답니다. 그런데 그 서랍 속에 며느리 가계부 가 있더래요. 어머니는 그냥 우리 며느리가 알뜰살뜰 가 계부도 다 쓰는구나 싶은 생각에 가계부를 열어 읽어 나 가기 시작 했답니다. 그 순간이 지금까지 평생 후회할 순 간이 될 줄은 몰랐답니다.

9월14일 왠수 4만 원, 9월15일 왠수 2만 원, 9월17일 또 왠수 2만 원…

처음엔 이 글이 뭔가 한참을 들여다봤는데 날짜며 금 액이 자기가 며느리한테 용돈을 달래서 받아간 걸 적어둔 거더래요.

어머니는 그 순간 하늘이 노랗고 숨이 탁 막혀서 자리 에 주저앉아 한참을 남편 생각에 인생 헛살았구나 싶은 생각에 아무것도 할 수가 없더랍니다. 한참을 멍하니 있 다가 들고 들어갔던 돈을 다시 집어 들고 나와서 이걸 아 들한테 이야기해야 하나 말아야 하나 생각을 했는데 차마 말을 할 수가 없더랍니다. 왜냐하면 이 이야길 하면 다시 는 며느리와 아들 얼굴을 보고 함께 한집에서 살 수가 없을 거 같더라는 거지요. 그런 생각에 더 비참해 지더래요. 그렇게 한달 전 어머니의 가슴속에 멍이 들어 한 10년은 더 늙은 듯 하드랍니다.

얼마 전 90대의 치매에 걸린 할머니와 함께 자살한 노부부의 기사를 보고 나니까 그 노부부의 심정이 이해가 가더래요. 아마도 자식들 짐 덜어주고자 자살을 선택하지 않았나 싶더랍니다.

더 이상 며느리와 아들한테 평생의 짐이 된단 생각이 들 때면 가끔 더 추해지기 전에 죽어야 할 텐데 싶은 생각이 들더래요. 그래서 이제 곧 손자 녀석도 태어날 텐데 자꾸 그때 그 며느리의 가계부 한마디 때문에 이렇게 멍들어서 더 늙어 가면 안 되지 싶은 생각에 하루에도 수십 번도 더 마음을 달래며 고치며 그 가계부의 왠수란 두 글자를 잊어보려 한답니다.

이제 자식 뒷바라지에 다 늙고 몸 어디 성한데도 없고 일거리도 없이 이렇게 하루하루를 무의미하게 지내는 일이 얼마나 힘든 일과인지 겪어본 사람 아니면 모르실 거래요.

미소를 나누는

이제 부모로서 꼭 전하고 싶은 말이 있는데, 세상에서 자식한테 받은 소외감은 사는 의미뿐만 아니라 지금껏 살아 왔던 의미까지도 무의미 해진다는 겁니다.

이렇게 가슴 아팠던 심정을 털어 놓았으니 며느리 눈치 안 보고 곧 태어날 손주 녀석만 생각하며 살겠다는 어머니는 혹시 치매에 걸리지나 않을까싶은 두려움에 책도 열심히 읽고 인터넷도 하며 시간을 보내고 있답니다. 그리고 이젠 자식 눈치보고 살지 않겠다고 용기를 내고 마음을 다독여서 열심히 살아가겠다고 했습니다.

지금까지의 이야기는 몇해 전 MBC라디오 방송 여성시대 시간에 방송한 내용입니다. 연세드신 부모님, 그리고 젊은 부부들에게 지혜롭고 현명하게 살아가는데 참고가 될까하여 그 내용을 요약 정리하여 소개 해드립니다.

벼슬도 팔자로다

숙종 때의 이야기다. 남인·서인 등의 파벌 싸움으로 나라 안이 매우 시끄러웠다. 상감의 할머니인 대왕대비의 친가는 남인이요, 어머니인 대비의 친가는 서인으로, 서로 권력의 주도권싸움이 그치지 않아 관기(官紀)가 문란하니 매관·매직도 심한 때였다. 따라서 인재를 등용하기 위한 과거시험도 형식적으로 치르고 있었으니, 탐관오리가 판을 쳐도 누구하나 상감께 직언(直言)하는 자가 없었다. 상감께서는 인(人)의 장막 속에서 지내다보니, 이런 사정을 알 길이 없었다.

하루는 상감께서 선비차림으로 옷을 갈아입고 내관하나를 대동하고 대궐을 빠져나와 세상 물정을 살피고자 성밖의 농촌을 돌아보고 다니던 중에 땀을 뻘뻘 흘리며 보리

미소를 나누는

타작을 하는 초로(初老)의 농민을 보니 행색은 양반으로 보이므로 말을 걸었다.

"주인장! 우리는 지나가는 과객이온데, 죄송하오만 사랑마루에서 조금 쉬었다 갔으면 합니다."라고 하자 이 노인은 행인의 풍채가 선비차림이라 흔쾌히 승낙하고, 사랑방으로 안내하여 수인사를 하게 되었다.

상감께서 먼저 "나는 문안에 사는 이생원입니다"라고 하니, 이집 주인은 "이 마을에서 훈장노릇을 하는 박 훈장입니다."하며 인사가 끝낸 후에 "지금이 점심 때가 되었는데, 이곳 주변에는 요기를 할만한 주막이 없으니, 잠시만 기다리셨다가 보리밥이지만 한 끼 들고 가시오."라고 권하였다.

상감은 못이기는 척하고 자리에 좌정하고, 훈장은 보리타작을 마저 끝내고 오겠다고 마당으로 나갔다. 이때 상감께서는 훈장의 책상위에 놓여 있는 책들을 뒤적이다가 훈장이 쓴 글을 보게 되었는데, 훌륭한 글들이 많이 있는 것을 보고, 박 훈장의 학식이 높은 것을 알게 되었다. 그 가운데서도 '유아독고무와탄'(唯我獨孤無蛙嘆)이란 글귀는 무슨 뜻인지를 알 수가 없었다. 글자대로만 해석해보면 '나만은 홀로 외롭게 개구리가 없음을 한탄한다.'는 말인 것이다. 사서삼경을 여러 번 보았지만, 이런 글귀는 처음이라 궁금하기 짝이 없었다. 얼마 후에 사랑방으로 점심상이 나왔는데, 보리밥에 된장과 김치뿐이었다.

훈장이 방에 들어오면서 가세가 기울어 손님대접을 이렇게 소홀히 함을 양해해 달라고 인사를 하고는 상감과 겸상으로 식사를 하게 되었다. 상을 물린 후에 이런저런 세상 돌아가는 이야기가 오고 갔다. 이때 상감께서는 훈장에게 말을 걸었다.

"이거 죄송하게 되었지만 훈장께서 써놓은 글을 제가 몰래보았습니다. 참으로 훌륭하고 높은 실력이온데, 과거는 본 일이 없으신지요?"하고 묻자, "무슨 과찬의 말씀을 하시는지요. 저도 과거에 여러번 응시했지만 모두 낙방했습니다. 세간에서는 과거시험 때에 시관(試官)과 줄을 대야만 한다는 풍문도 있지만, 그래서야 어디 나라가 잘되겠습니까? 그저 책만 더 많이 보고, 제자 키우기에나 힘을 쏟을 작정입니다."라고 하는 것이다.

상감께서는 이 말을 듣고 이렇게 훌륭한 인재가 왜 등

용이 되지 않았나? 애석하게 생각하며 글을 쓴 것으로 보나 인품으로 보나 벼슬 한자리는 해야 할 사람이라고 생각했다. 그러다가 상감께서는 그 훈장이 쓴 글 중에서 '유아독고무와탄'(唯我獨孤無蛙嘆)이라는 글귀에 대하여 물었다. 훈장은 머뭇머뭇 대답을 주저하다가 재차 물으니, 수줍어하면서도 점잖게 그 글의 뜻을 설명해 나갔다.

옛날 날짐승들이 모여서 노래잔치를 하게 되었다.
즉 요즘의 성악콩쿨대회 같은 것을 하였는데, 황새와 꾀꼬리 사이에 서로 자기의 목소리가 좋다고 다툼이 생겼다. 새들은 한쪽만 편을 들면 공연히 미음을 살 것을 걱정하여 결판을 내지 못했다. 할 수 없이 이 자리에 참석치 않은 날짐승 중의 왕인 독수리에게 가서 담판을 내기로 했다.

황새가 가만히 생각해 보니 꾀꼬리 목소리가 좋다는 것은 세상이 다 아는 사실인데, 독수리가 자기의 울음소리가 좋다고 할리는 만무한지라 한 가지 꾀를 생각해 냈다. 즉 독수리에게 뇌물을 쓰면 될 것 이라는 생각에 즉시 밀밭 옆 개울을 살피며 뇌물 감을 찾고 있었는데, 마침 커다란 개구리가 엎드려 있는 것을 발견하고, 큰 부리로 꽉 물고는 독수리에게 달려갔다.

"독수리아저씨! 그간 자주 찾아뵙지도 못하고, 건강이 어떠신지 궁금하여 문안드리고자 왔습니다."하니, 독수리 기분이 좋아 "참 고맙네."하고 대답을 했다. 이번에는 황새가 하는 말이 "오늘 깨끗한 개울에서 개구리 한 마리를 잡았는데, 귀한 음식이라 아저씨 생각이 나서 제가 먹을 수가 없어 가지고 왔으니, 맛있게 드시기 바랍니다."하니, 독수리 기분이 매우 좋아 "그래도 나를 생각하는 것은 자네밖에 없구만"하며 냉큼 받아먹었다.

이때 능청스런 황새가 말하기를 "그런데 아저씨, 한 가지 부탁이 있습니다.", "그래 무슨 부탁인지 말해보게. 내가 자네 청을 못들을 것이 뭐있겠나"
"내일 아저씨에게 와서 꾀꼬리와 노래자랑을 하기로 했으니, 잘 부탁합니다."라고 하는 것이다.

독수리는 받아먹은 죄가 있겠다 "염려 말고 내일 오게"하고는 황새를 돌려보냈다. 이러한 소문이 퍼지자 꾀꼬리도 뒤질 새라 개구리 사냥을 나갔지만 날이 이미 어두워 그만 개구리는 보지도 못하고 돌아왔다. 꾀꼬리는 걱정이 되었으나 '그래도 내 노래 소리가 좋다는 것은 자타가 다 아는 사실인데, 설마 내가 지기야 하겠나'하며 자위를 하고, 다

미소를 나누는

음날 일찍 약속대로 황새와 같이 독수리에게 갔다. 자초지종을 들은 독수리가 큰 날개를 자랑스럽게 폈다가 접으며 "꾀꼬리에게 먼저 울어보아라."고 명했다.

꾀꼬리가 꼬리를 저으며 멋들어지게 지저귀니, 독수리 하는 말이 "에잇! 그 소리는 졸장부의 울음소리가 아니냐?" 하고는 이번에는 황새에게도 울어보라고 했다. 그러자 황새가 긴 목을 쭉 빼들고 "끼익"하고 한마디 소리 지르니, 독수리 하는 말이 "황새는 목이 길어 음성이 청아하니 과연 장부의 목소리로다"하며 황새의 승리를 선언하였으니, '나는 개구리가 없음을 한탄하노라'라는 뜻으로 이런 글을 지어 보았다는 것이다.

상감은 이 말을 듣고 시중에 떠도는 말이 과거시험에도 부정한 방법으로 자파의 사람들을 등용한다는 것이 헛소문만은 아니라는 것을 깨닫게 되었다. 상감께서는 그 집을 떠나오면서 훈장에게 "며칠 후에 과거시험이 있다던데, 이번에도 응시할 의향이 있으신지요?"하고 물으니 "제자들의 사기를 돋우기 위해서라도 제자와 같이 응시할까 합니다."라는 대답을 듣고 대궐로 돌아왔다. 상감은 다음날 만조백관(萬朝百官)을 불러놓고 "이번 과거 시험의 출제(出題)는 상감이 직접 한다"고 공표했다.

이는 시험의 부정을 없애고, 또한 박 훈장 에게 벼슬길을 열어주기 위함이었다. 시험 날짜가 다가오자 모든 선비들이 공부에 열중했다. 박 훈장도 예외는 아니어서 열과 성을 다하여 공부에 힘썼다.

그런데 사랑방에서 책을 보고 있던 중에 책상 밑에 무슨 뭉치가 있는 것을 발견하고 풀어보니, 쇠고기 몇 근이 싸여있었다. 누가 갖다 놓았는지도 모르겠고, 보낸 사람을 찾자하니 상해서 버리게 될 것 이고, 내버릴 수도 없어 '수염이 석자라도 먹어야 양반이다'라는 속담도 있고, 하도 먹지를 못해서 몸도 쇠약해 있었기 때문에 푹 삶아서 먹었다. 이것은 물론 훈장이 몹시 수척하여 병이라도 나서 과거를 치르지 못할까하여 상감께서 몰래 보낸 것이었다.

그런데 원래 소식(素食)만 하던 뱃속에 별안간 기름기가 흐르는 소고기가 들어가니, 위장이 깜짝 놀라 배가 뒤틀리고 설사병이 심하게 나서 훈장은 그만 자리에 눕고 말았다. 이튿날 새벽 제자 한 사람이 과거보러 가자고 찾아왔다. 그러나 스승께서는 "누가 보낸 지도 모르는 쇠고기를 먹고 병이 나서 갈수가 없으니, 너나 다녀오너라."하시며, "내가 그동안 글을 좀 써놓은 것이 있으니 참고로 하여라."하고 책을 제자에게 건네주니, 제자는 그 책을 열심히 보며 성안에 도착했다.

다음날 아침 과거장에 들어가니 많은 선비들이 꽉 차 있었고, 시간이 되자 상감께서 문제지를 시관(試官)에게 전하여 출제 판에 붙였는데, 문제내용이 '개구리와(蛙)자를 넣어서 글 한 수씩 써내라'는 것이었다. 마감시간이 다 되어 채점을 하던 중에 상감께서는 '유아독고무와탄'(唯我獨孤無蛙嘆)이라고 써낸 글만 한참을 찾던 중 얼마 만에 찾아내자 이 글을 장원으로 선정하도록 했다.

과거에 장원으로 뽑힌 사람은 상감을 알현(謁見)하는데, 장원으로 상감 앞으로 나온 사람은 그때 그 훈장이 아니라 홍안의 젊은이였다. 수상히 여긴 상감이 장원한 젊은이에게 물었다.
"경은 어디에 살며, 서당 선생으로 있는 박 훈장을 아느냐? 하고 물었다.

이때 젊은이의 대답이, "그분은 저의 스승이시온데, 어제 아침에 과거장에 모시고 오려고 갔더니, 누가 보낸 지도 모르는 고기를 잡수시고 탈이 나서 못 오시고, 저만 왔습니다."라고 하니 상감께서 하는 말이 "벼슬도 팔자로다"라고 했다는 것이다.

이런 말을 듣고 보니 오늘의 우리 세태는 어떠한가? 혈연, 지연, 학연은 물론 공공단체의 낙하산인사, 대학의 입시부정, 예체능계의 순위 조작, 교수 채용은 물론 각급 공직자의 채용과 승진시험 부정, 각종 자격시험의 문제지 유출 등 한심한 작태가 생각이 난다. 공직사회가 맑아야 사회가 맑아지고, 국가의 기강이 바로서야 참된 선진국이 될 것이다.

미소를 나누는

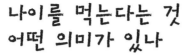

나이를 먹는다는 것
어떤 의미가 있나

60대 전반

　- 가까이서 사진을 절대로 찍으면 안 되는 나이

　- 긴 편지는 두 번을 읽어야 이해하는 나이

60대 후반

　- 상을 받을 때 고개를 숙이지 않아도 되는 나이

　- 차차 건강이 걱정되기 시작되는 나이

70대 전반

　- 콘돔 없이도 sex를 즐길 수 있는 나이

　- 누가 옆에 있어도 방귀를 뀔 수 있는 나이

70대 후반

- 대통령 이름을 그냥 불러도 건방짐이 없는 나이
- 아무에게나 반말을 해도 괜찮은 나이

80대 전반

- 대사가 있으면 영화에 출연할 수 없는 나이
- 동네아이들을 봐도 뉘 집 자식인지 잘 모르는 나이

80대 후반

- 자기는 뛴다고 생각하는데 남이 보면 걷고 있는 나이
- 유령을 봐도 놀라지 않는 나이

90대 전반

- 주민등록번호를 잊어버리는 나이
- 노인대학에서도 받아주지 않는 나이

90대 후반

- 한국말도 통역을 해주는 사람이 필요한 나이
- 누가 아버지고 아들인지 구별이 안가는 나이

미소를 나누는

100대

　– 가끔 하나님과도 싸울 수 있는 나이

　– 인생의 과제를 다 끝내고 지내는 나이

세상에서 가장 장한 어머니

이 이야기는 일본에서 있었던 실화입니다. 쌍둥이 아들과 함께 살아가던 한 홀어머니가 어느 날 밖에 나간 사이 집에 불이 났습니다.

밖에서 돌아온 어머니는 순간적으로 집안에서 자고 있는 아이들을 생각하고 망설임도 없이 불속으로 뛰어 들어가 두 아들을 이불에 싸서 나왔습니다.

이불에 싸인 아이들은 무사했지만 어머니는 온 몸에 화상을 입고 얼굴이 흉해지고 다리까지 절게 되었습니다.

그 때부터 어머니는 불구의 몸으로 노점 행상 등을 하면서 힘들게 두 아들을 키웠습니다. 어머니의 이런 희생

미소를 나누는

덕분에 큰 아들은 일본에서 제일가는 동경대학에, 작은 아들은 와세다 대학에 각각 입학했습니다.

세월은 흘러 졸업식 날, 졸업하는 아들이 보고 싶은 어머니는 먼저 큰 아들이 있는 대학을 찾아갔습니다. 수석 졸업을 하게 된 아들은 졸업과 동시에 큰 회사에 들어가기로 이미 약속이 되어 있었습니다.

이 때 이아들의 눈에 수위실에서 아들을 찾는 어머니의 모습이 들어왔습니다. 수많은 귀빈들이 오는 자리에 초라한 모습에 다리를 절면서 들어오는 어머니가 부끄러웠던 아들은 수위실에 "그런 사람이 없다고 하라"고 전했고 어머니는 슬픈 얼굴로 돌아갔습니다.

아들에게 버림받은 서러움에 자살을 결심한 어머니는 죽기 전에 둘째 아들 얼굴이나 보고 가려고 둘째 아들이 졸업하는 와세다 대학을 찾아갔습니다. 하지만 차마 들어가지 못하고 교문 밖에서 서성이다 발길을 돌렸습니다.

그때 마침 이러한 모습을 발견한 둘째 아들이 절뚝거리며 황급히 자리를 떠나는 어머니를 큰 소리로 부르며 달려 나와 어머니를 업고 학교 안으로 들어갔습니다.

아들은 어머니를 졸업식장의 귀빈석 한 가운데에 앉혔습니다. 값비싼 액세서리로 몸을 치장한 귀부인들이 수군거리자 어머니는 몸 둘 바를 몰라 했습니다.

수석으로 졸업하는 아들이 졸업생을 대표하여 답사를 하면서 귀빈석에 초라한 몰골로 앉아 있는 어머니를 가리키며 자신을 불속에서 구해 내고 불구의 몸으로 노점 행상 등 다리품을 팔아서 공부를 시켜준 어머니의 희생을 설명했고 그제야 혐오감에 사로잡혀 있던 사람들의 눈에 감동의 눈물이 고였습니다.

이 소식이 곧 신문과 방송을 통해 전국에 알려지게 되어 둘째 아들은 큰 회사 오너의 사위가 되었으나 어머니를 부끄러워한 큰 아들은 입사가 취소되고 말았습니다.

미소를 나누는

3

인생의 뒤안길에서

- 아름다운 인생 -

이모작 인생으로 당당하게 살자

폭풍이 휩쓸고 간 뒤 늙은 참나무는 얼마 남지 않은 잎마저 다 떨어지니 인적이 끊어지고 찾아오던 새들마저 오지 않으니 이제는 세상에서 쓸모가 없는 존재가 되었다고 한숨만 쉬고 쓸쓸이 지내고 있었다.

그런데 어느 날 딱따구리 한 마리가 날아와서 늙은 나무 둥치를 쪼아보더니 먹이가 많음을 발견하고는 둥치를 틀고 자리를 잡더니 새끼를 치고 다람쥐도 구멍 난 곳으로 들어와서 따뜻한 겨울을 나고 새끼를 치고는 조잘대는 것이다.

"이 구멍 난 늙은 참나무가 얼마나 고마운지 모르겠다고…"

쓸모가 없다고 한숨만 쉬던 늙은 참나무도 딱따구리 새끼의 날개 짓과 아기 다람쥐의 즐겁게 뛰노는 것을 보고는 기쁨이 넘치고 행복에 젖어들었다.

우리인생도 마찬가지다. 늙었다고 쓸모없다고 생각하지 말자. 이제부터는 이모작 인생을 살아가도록 하자.

6, 70년 전에만 해도 우리나라의 평균수면이 60대가 안 되던 때라 나이 50대만 되면 뒷방늙은이 대접을 받으며 사회활동을 멈추고 일모작으로 일생을 마쳤지만 지금은 80대까지 수명이 연장되고 얼마 안가서 120세까지도 산다는 연구결과가 나오고 있다.

지금 시중에는 99, 88, 234라는 유머가 나돌고 있다. 즉 99세까지 팔팔하게 살다가 이틀만 앓아 누워서 만나보고 싶은 사람 다 만나보고 3일째 되는 날 죽자는 말이란다.

그런데도 예전처럼 할일 없는 늙은이로 살 수만은 없지 않는가. 인생은 60부터라고 했다. 이제부터 새로운 이모작인생으로 거듭나서 살아가도록 하자.

미소를 나누는

그간에는 가족부양은물론 자녀 교육문제, 자녀 결혼문제 등 가정을 이끌어 가기위한 가장으로서의 모든 역할이 이제 끝났다면 지금부터는 지난날에 하고 싶어도 여의치 못해 하지 못했던 일에 대하여 과감하게 도전도 해보고 새로운 것은 계속해서 배우고 익히며 자신의 취미생활이나 건강관리에도 힘쓰고 각종 사교 모임이나 사회봉사 활동에도 적극 참여하는 등 사회에 공헌하는 삶을 살아야 하겠다.

그리고 인생을 언제나 청춘처럼 살자. 청춘이란 꼭 나이가 젊은 것만을 의미하는 것은 아니다. 자기마음속에 여러 가지 감각을 불어놓으면 80, 90이 되어도 그 사람은 청춘인 것이다. 1, 10, 100, 1.000, 10.000의 법칙으로 살도록 하자. 즉 하루에 열 사람을 만나고, 백자의 글을 쓰고, 천 자의 글을 읽으며, 만보를 걸으며 봉사활동 등 사회활동을 한다면 이보다 훌륭한 젊은 노년은 없다는 것이다. 나이가 들어도 청춘처럼 살며 이모작의 열매를 거두는 것이 잘사는 방법이라고 할 수 있다.

옛날에 우리선조들이 만든 청기와의 예만 보더러도 보통기와보다 훨씬 단단하고 빛깔이 고와서 요새로 말하면 고부가가치의 첨단제품으로 짭짤한 재미를 볼 수 있었을 것이다. 그런데 이 재미를 독점하려고 제조기술이나 노하우를 알려주지 않고 심지어 자식에게도 물려주지 않았기 때문에 청기와의 맥은 당대에서 끊어지고 말았습니다. 얼마나 아깝고 억울한 일인가.

이제 우리는 이렇게 귀중한 기술들을 그대로 버릴 수는 없다. 남은 생애를 그간에 살아오면서 터득한 귀중한 지혜와 경륜을 후손들에게 전수 시키며 젊은이들이 가는 길을 닦아주며 자기가 좋아하는 일에 만족하고 항상 감사하며 사회봉사활동도 멈추지 말고 쓸모 있는 이모작 인생으로 즐겁고 당당하게 살아가도록 하자.

미소를 나누는

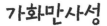

가화만사성

어느 산골에 젊은 부부가 늙으신 아버지와 앞을 보지 못하는 어머니를 모시고 살고 있었다. 남편과 아내는 나무를 해다가 팔고 화전(火田) 밭을 일구어 열심히 일을 하며 넉넉지 못한 살림이지만 부모님을 정성껏 모셨다.

하루는 아들은 나무하러 산에 가고 아버지는 화전 밭에 가서 김을 매고, 아내는 집에서 빨래를 삶고 있었다. 이때에 어머니가 부엌으로 들어오며 "앞을 못 봐 다른 일은 못하지만 빨래 삶는 것이야 못 하겠느냐?"하시며 며느리를 부엌에서 내보내고 빨래를 넣은 가마솥에 불을 때기 시작했다.

얼마가 지난 후에 텃밭에서 일을 하던 며느리가 빨래가

거 진 삶아졌나하고 부엌으로 들어가 보니 불을 너무 많이 때서 솥의 물이 다 쫄아서 빨래가 누렇게 타고 말았다. 황급히 불을 끄며 '빨래가 탔다'고 하니 시어머니 어쩔 줄을 모르고 "내가 또 실수를 했구나."하고 전전긍긍하신다. 며느리는 "어머님 제가 잘못했습니다. 제가 해야 할일을 어머니께 시켰으니 제가 잘못했지요."라고하며 시어머니와 며느리는 서로 자기 잘못이라고 하였다.

이때 아들이 나무를 한 짐 해가지고 싸리문을 들어서면서 이 광경을 보고 아들 하는 말이 "그 빨래 태운 것은 제 탓입니다. 제가 불이 센 관솔백이 소나무 장작을 많이 해다 노아서 그리 되었으니 제 잘못이지요."라고 하는데, 밭에서 김을 매다 돌아온 아버지가 이 광경을 보고는 "그 빨래가 탄 것은 너희 어머니 잘못도 아니고 네 아내 잘못도 아니고 또 네 잘못도 아니다. 그것은 내 잘못이다. 내가 장작을 부엌에다 너무 많이 갖다 놓아서 그렇게 되었으니 모두 내 탓이다"라고 하자 모두가 웃으며 부엌에서 나오니,

아버지 크게 껄껄 웃으시면서 "가화만사성이라 우리 집이 이렇게 화합이 되니 만사가 다 뜻대로 될 것이다"라고

미소를 나누는

말을 했고 그 후 이 가정은 많은 복을 받고 부모님께 효도하고 자식들을 잘 키워 복되게 살았다 한다.

고금을 막론하고 대부분의 사람들은 일이 지신의 뜻대로 진행되지 않을 때마다 '일이 잘못된 것은 다른 누군가의 잘못 탓이다'라는 억지스런 변명을 한다. 아주 작고 사소한 일에서부터 끔찍한 범죄행위에 이르기까지 자신의 잘못을 흔히 남이나 환경 탓으로 돌려버리곤 한다. 남을 탓하는 습관은 분노, 좌절, 스트레스뿐만 아니라 불행한 삶까지 남의 책임으로 돌리게 만든다.

그러나 남을 원망하고 그의 잘못을 탓하기만 하는 사람은 결코 평화로운 삶에 가까워 질수 없다. 행복, 불행의 선택의 열쇠를 쥐고 있는 사람은 다른 누구도 아닌 바로 자기 자신임을 깨닫고, 다른 사람을 탓하는 습관을 버려야 한다. 그럴 경우 스스로의 능력에 대한 감각을 되찾게 될 것이다. 그리고 화가 났을 때에도 자신의 감정을 스스로 조종할 수 있음을 느끼게 될 것이다. 더 이상 타인을 책망하지 않을 때에 인생은 즐겁고 편안하게 흘러가는 것다.

행복한 사람

우리는 누구나 행복을 추구하며 살고 있습니다.

그런데 그 행복이 어디에 있을까요?

행복은 아주 가까이 내가 미처 깨닫지 못하는 곳에 존재하는 것입니다.

굳이 찾지 않아도 이미 자기 속에 있는 걸 발견하지 못하기 때문입니다. 등잔 밑이 어두운 거지요. 행복은 마음먹기에 달렸습니다. 우리가 일상 생활에서 격고 있는 일들을 긍정적으로 생각하면 모두행복한 사람입니다.

생활이 궁핍해도 사람 나고 돈 났지 돈 나고 사람 났느냐고 여유 있는 표정을 짓는 사람은 행복한 사람입니다.

미소를 나누는

누가 나에게 섭섭하게 해도 그동안 나에게 주었던 고마움을 생각하는 사람은 행복한 사람입니다.

밥을 먹다가 돌이 씹혀도, 돌보다는 밥이 많다며 껄껄껄 웃는 사람은 행복한 사람입니다.

밥이 타거나 질어져도 누룽지도 먹고 죽도 먹는데 무슨 상관이냐며, 대범하게 말하는 사람은 행복한 사람입니다.

남이 잘되는 것을 배 아파하지 않고, 사촌이 땅을 사도 축하할 줄 아는 사람은 행복한 사람입니다.

자신의 직위가 낮아도 인격까지 낮은 것은 아니므로 기죽지 않고 당당하게 처신하는 사람은 행복한 사람입니다.

비가 오면 만물이 자라서 좋고, 날이 개면 쾌청해서 좋다고 생각하는 사람은 행복한 사람입니다.

좋았던 추억을 되살리고, 앞날을 희망차게 바라보는 사람은 행복한 사람입니다.

받을 것은 잊어버려도, 줄 것은 잊어버리지 않는 사람은 행복한 사람입니다.

행복은 돈으로는 살수가 없습니다.
마음 먹기에 따라 그 순간부터 행복한 사람입니다.

미소를 나누는

풍요로운 황혼

황혼에도 열정적인 사랑을 나누었던 괴테는 다음과 같은 노년에 관한 유명한 말을 남겼습니다.

1. 건강

몸이 건강하지 못하면 세상 온갖 것이 의미가 없습니다. 건강이란 건강할 때, 즉 젊었을 때 다져 놓았어야 합니다. 이 말은 다 아는 상식이지만, 지난 후에야 가슴에 와 닿는 말입니다. 이제 남은 건강이라도 알뜰히 챙겨야 합니다.

2. 돈

스스로 노인이라고 생각 한다면, 이제는 돈을 벌 때가 아니라 돈을 쓸 때입니다. 돈 없는 노년은 서럽습니다. 그러나 돈 앞에 당당 하십시오.

3. 일

당신은 몇 살부터 노인이 되었는가? 노년의 기간은 결코 짧지 않습니다. 정말 하고 싶은 일을 찾아 나섭시다. 일은 스스로뿐만 아니라 주위 사람들에게도 기쁨을 줍니다. 죽을 때까지 삶을 지탱해 주는 것은 사랑과 일입니다.

4. 친구

노년의 가장 큰 적은 고독과 소외입니다. 노년을 같이 보낼 좋은 친구를 많이 만들어 두십시오. 친구 사귀는 데도 시간, 정성, 관심, 때론 돈이 들어갑니다.

5. 꿈

노인의 꿈은 내세에 대한 소망입니다. 꿈을 잃지 않기 위해선 신앙생활로 명상의 시간을 가져야 합니다.

미소를 나누는

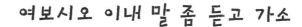

여보시오 이내 말 좀 듣고 가소

여보시오. 이내 말 좀 듣고 가소.
돈 있다 유세 말고, 배웠다고 잘난 척 하지 말고
건강하다 자랑 마소. 명예 있다 거만하지 말고
잘 났다 뽐내지도 마소. 다 소용이 없더이다.

나이 들고 병들어 자리에 누우니 잘난 사람, 못난 사람
너 나 할 것 없이 남의 손 빌려 하루하루를 살아가더이다.
그래도 살아있기에 남의 손으로 끼니이어야 하고
오줌똥 남의 손에 맡겨야 하니 그 시절 당당하던 그 모습 그
기세가 허무하고 허망하기만 하더이다.

내 식구 내 형제만 제일이라고 남 업신여기지 마소.
내 식구 내 형제 마다하는 일, 피 한방울 섞이지 않은 남들

이 눈뜨고 코 막지 않고도 미소 지으며 잘도 하더이다.

말하기 쉽다고 입으로 돈 앞세워 마침표는 찍지 마소.
그 열배를 더 준다 해도 하지 못하는 일 천직으로 알고
대가없이 베푸는 고운마음에 행여 죄가 될 가두렵소이다.

병들어 자리에 누우니 내 몸도 내 것이 아니온데
하물며 무엇을 내 것이라 고집하겠소.

너 나 분별하는 마음 일으키면 가던 손도 돌아오니
베푸는 마음 가로막는 욕심 버리고
길 나설 적에 눈 딱 감고 양쪽 호주머니 천 원씩 넣어
길가 행인이 오른손을 잡거던 오른손이 베풀고
왼손을 잡거던 왼손이 따뜻한 마음으로 베풀어 보소.

그래야 이 다음에 내 식구 아닌 남의 도움 받을 적에
감사하는 마음 고마워하는 마음도 배우고
나이 많이 쌓여도 남에게 폐 끼치지 않고 곱게 늙는다오!

버주기와 뱃두리

옛날 큰 벼슬인 판서를 지내는 사람이 있었는데, 아들 삼형제를 낳아서 키우고 있었다. 세 아들은 머리가 영리하고 똑똑했는데, 그 중에서도 큰아들이 동생들보다 지혜로웠고, 둘째는 형보다는 다소 떨어지고, 막내는 형들보다 머리가 더 떨어졌다.

그래서 아버지인 판서께서 아들들 별명을 지어 불렀다. 큰아들은 머리가 좋고 지혜와 도량이 넓어서 큰 그릇이 될 것이라고 버주기(황해도지방의 사투리로 물건을 담는 옹기 그릇으로서 큰 것은 버주기, 중간쯤 가는 것은 작지비, 아주 작은 것은 뱃두리라고 함), 둘째 아들은 큰아들보다 다소 떨어진다고 작지비, 막내인 셋째 아들은 둘째 아들보다도 머리가 떨어진다고 뱃두리라고 불렀다.

아들들은 열심히 공부하여 과거에 급제하고, 벼슬에 올라 있었다. 얼마 후에 큰아들은 판서에 오르고, 둘째는 관찰사, 셋째는 어떤 고을의 원님이 되었다.

지금으로 말하면 큰아들은 장관이요, 둘째 아들은 도지사 이고, 셋째 아들은 군수 격이다. 어느날 셋째 아들인 원님에게 송사가 들어왔다.

*

내용인즉 명지(황해도 지방에서는 명주를 명지라고도 부름) 바지를 입은 양반이 길을 가는데, 옆을 지나가던 농부가 길을 비켜주다가 그만 물 고인 구덩이를 밟는 바람에 더러운 물이 명지 바지에 튀어서 시비가 붙었는데, 잘잘못을 가려 달라는 송사였다. 원님은 잠시 생각하더니 갈지(之)자 넉 자를 써서 판결문으로 주었다.

판결을 받은 사람은 갈지자 넉자가 무슨 뜻인지 알 수가 없었다. 그래서 마침 지나가던 선비에게 뜻을 물었다. 여차여차해서 원님에게 갔더니 이렇게 갈지자 넉자를 판결문으로 써주어 받았는데, 무슨 뜻인지 알 수 있겠느냐고 물으니, 선비가 잠시 생각하더니 "그 원님 판결 참 잘했네!"라 하고는 지(之)자가 넷이니 "명지 바지 입지 말

미소를 나누는

지"라고 해석를 해주고 갔다.

*

하루는 까마귀 떼가 수수밭에 많이 날아온다는 말을 듣고, 원님은 별안간 까마귀들이 모여든다면 무슨 연유가 있을 것이니, 그 수수밭을 샅샅이 뒤져보도록 했다. 거기에는 사람의 시체가 있어서 까마귀 떼가 날아든 것이었다. 그것이 수사의 단서가 되어 살인범을 검거하게 되었다. 또 신고가 들어왔다.

산중에 세 사람이 죽어 있는데, 훔친 장물로 보이는 패물함이 옆에 있고, 한 사람은 흉기에 찔려 죽었고 두 사람은 술을 마시다 죽은 듯하다는 신고였다. 원님은 며칠을 곰곰이 추리해 보았다. 세 사람은 패물함을 함께 훔쳐가지고 산속에 들어가서 배분을 하다가 '술이나 한잔씩 하자'하고 도적하나가 술을 사러 동네로 내려간 사이에 산에 남아 있던 두 도적은 술 사러간 놈을 죽이고 패물을 둘이서 나누어 가지기로 하고, 술을 사가지고 온 도적을 둘이서 합세하여 흉기로 찔러 죽였을 것이다.

또한 술을 사러 마을로 하산했던 도적은 산에 남아 있

는 도적 둘을 다 죽이면, 패물은 자기 혼자의 몫이 될 것이라 생각하고, 술에 독약을 타서 가지고 갔고, 나머지 두 도적은 그 술을 마시고 죽었을 것이다. 이렇게 추리해 보고 술에 독약을 탔는지, 은수저를 담가보도록 했다. 은수저가 새까맣게 죽는 것이 아닌가? 과연 자기의 추리가 딱 맞는지라 기분이 좋았다.

*

이번에는 일곱 살 먹은 신랑이 스물두 살 난 신부를 데리고 처갓집 나들이를 가던 중에 어떤 떡거머리 총각 놈이 신부를 빼앗아 갔는데, 신부를 찾아달라는 것이다.

그런데 당시 신랑이 네 성(姓)이나 대고 가라하니 "당신 발바닥 밑에 있소"라고 하므로 이름은 무엇이냐고 물으니 "삼년상(三年喪)치르고 나머지요"라고 하더란다. 그래서 살기는 어디서 사느냐 하니 "산 무너진 곳에서 살고 있소"라고 하며, 신부를 끌고 도망을 쳤다는 것이다.

원님은 한참 동안 생각에 잠기더니 성(姓)이 발바닥 밑에 있다고 했으니 발바닥 밑에는 신 밖에 또 있는가? 그러니 성은 신씨일 것이고, 이름은 삼년상 치르고 나머지라고 했으니, 삼년상 치르고 나면 모두 불살라 버리고 남

미소를 나누는

는 것은 제복(祭服)뿐이니, 이름은 제복이 틀림없고, 살기는 산(山)무너진 곳이라 했으니, 산이 평평해져서 평산(平山)이 될 것이라고 추정을 했다.

다음날 포졸들을 불러 평산으로 가서 신제복이라는 자를 잡아오도록 해서 문초를 하니, 신부 숨겨둔 곳을 자백받고 신부를 찾아주었다. 원님은 자기가 추리(推理)와 판단이 계속 적중되니 신바람이 났다. 그러던 중 또 신고가 들어왔다.

*

내용인즉 그 고을에서 농사를 짓고 사는 사람인데, 딸을 시집보내는 날 신부 집에서 혼례를 치르고, 신랑은 말을 타고 앞서가고 조금 뒤떨어져서 신부가 탄 가마가 따라갔다. 가파른 동네 뒷산을 가마를 메고 넘어야 하는데, 산마루턱에서는 누구나 다 쉬어가는 곳이다. 신부가 탄 가마를 산마루턱에 내려놓자 신부가 소피를 본다고 가마에서 내려 숲 속으로 들어갔는데, 한참을 기다려도 나오지를 않아서 찾아가 보니 신부의 머리가 잘린 채 숲 속에 피투성이가 되어 죽어 있었으니, 범인을 잡아달라는 내용이다.

원님은 며칠을 생각해 보았다. 그것이 누구의 짓이며, 왜 머리를 잘라 갔을까? 추리를 해보았다. 3일이 지났는데 가닥이 잡히기 시작했다. 다음날 신부의 아버지를 불렀다. 그리고 다음과 같이 질문을 시작했다.

"그대의 마을에서 딸 혼례를 전후하여 없어진 젊은이가 없는가?"
"네, 저의 머슴이 혼례 전날 돼지새끼 한 마리를 훔쳐 가지고 도망갔습니다."
"그러면 동네에서 최근 젊은 여인이 죽어서 장사지낸 일이 있는가?"
"네. 아랫마을에 사는 이 서방네 며느리가 강을 건너가다 얼음이 깨져 물에 빠져 죽어서 저의 딸 혼례 전날 장사를 지낸 일이 있습니다."

이 말을 듣고 원님은 포졸을 보내서 이 서방네 며느리 무덤을 확인하고 오도록 했다. 그런데 무덤을 파냈다가 다시 묻은 흔적이 있어서 조사 해보니, 시체가 없어졌다는 것이다. 그러자 원님은 신고한 신부의 아버지를 불러 사건의 전모를 설명했다.

미소를 나누는

신부는 그전부터 자기 머슴과 눈이 맞아 있었다. 엄한 양반 집안이라 감히 부모님께 말을 할 수가 없어서 머슴과 짜고서 혼인 전날에 장사지낸 이 서방네 며느리 시체를 파내어 머리를 자르고 거기에 돼지피를 발라놓고, 신부와 약속한 대로 산마루 숲에서 만나 시체에 신부가 입었던 옷을 입혀놓고 신부와 머슴이 함께 도망친 것이라 설명을 해주었다.

그 말을 듣고 있던 신부 아버지는 수긍이 갔다. 전부터 의심스러운 행동을 발견하기는 했어도, 감히 상전의 딸을 데리고 도망갈 줄은 몰랐다고 치를 떨며 원님 앞에서 물러났다.

*

원님이 가만히 생각해 보니 자기의 추리가 기가 막히게 적중하는 것이 참으로 자랑스러웠다. 하지만 한편으로는 어릴 때 아버지께서 머리가 형들보다 뒤떨어진다며 별명을 뱃두리라 부르던 일이 떠올랐다.

"그렇다면 형님들은 얼마나 지혜가 있나 시험을 해보자"하고, 작지비 형인 관찰사에게 가서 물어보기로 했다.

관찰사를 찾아가니 반갑게 맞아주며 "정사에 바쁠 터인데, 어떻게 왔는가?"라고 물었다. 동생은 자기 고을에서 일어난 신부 살해 사건 내용을 설명하고, 누구의 짓인지 판단해 달라고 말했다. 관찰사는 담배 한 대를 물고 눈을 지긋이 감고, 한 모금 담배를 빤다, 담배 세 대를 다 피우고 나서 재떨이에 장죽을 땅땅 치더니 "그 신부 죽은 것이 아니야. 어떤 놈하고 도망갔는데"라고 한다. 동생인 뱃두리 원님은 기가 막히다. 자기는 사흘이나 생각해서 알아냈는데, 관찰사인 형은 담배 세 대 피우고 알아냈으니 말이다.

뱃두리원님은 생각했다. 아무래도 우리 고을이 여기서 멀지 않으니 무슨 소문이라도 듣고서 알고 있었나보다 하고, 이번에는 버주기형인 판서에게 가서 우리 고을에서 이러저러한 사건이 발생했는데, 지혜를 빌려달라고 하니, 큰형인 판서는 담배 한 대 피워 물고서 잠깐 생각하더니, 그 신부 죽은 것이 아니고 어떤 놈과 도망친 것이라고 말을 하는 것이다.

어릴 때 아버지께서 막내인 뱃두리는 머리가 형들만 못하니, 형들보다 공부를 더 열심히 해야만 형들을 따라갈

미소를 나누는

수 있고, 버주기나 작지비도 머리만 믿고 공부를 게을리
해서는 안 된다고 늘 말씀하셨지만, 뱃두리는 자기 머리
와 지혜도 형들 못지않다고 자만한 탓에 공부를 게을리
했던 것을 한탄했다고 한다. 머리 좋다고 공부를 게을리
해서도 안 되고, 또 머리 나쁘다고 낙심해서도 안 된다.
머리가 떨어지면 그만큼 공부를 더욱 열심히 하면, 따라
잡을 수가 있는 법이다.

고려장 이야기

    고려장(高麗葬)이라 함은 옛날 늙으신 부모를 깊은 산중에 내다버려 짐승들에게 희생시켰다는 전설로서 고려시대의 고령자(高齡者)를 산속에 내다버리는 당시의 장례문화(葬禮文化)였는지? 아니면 고령자를 내다 벌이는 고령장(高齡葬)이란 말이 고려장이란 말로 변한 것은 아닌지? 어찌되었거나 이렇게 해서 늙은 부모님들을 내다 버려야 하는 나라가 있었다. 국법으로 정해있어 만약 위반하면 큰 벌을 받아 집안이 망하게 되었던 때의 일이다.

    이 나라 임금과 이웃나라 임금이 많은 재물을 걸고 내기를 하기로 했다. 내기의 내용인즉 양단의 둘레가 똑같은 통나무의 어느 쪽이 뿌리 쪽이고 어느 쪽이 가지 쪽인지?

뱀 두 마리와 크기가 똑같은 말 두 마리를 풀밭에 풀어 놓고 뱀은 암수를 어떻게 구별하며, 말은 어느 놈이 어미이고 어느 놈이 새끼인지 알아내라는 것이었다.

　만조백관(滿朝百官)을 모아놓고 이 문제를 논의하였지만 며칠이 지나도 이 문제를 알아내는 사람이 없어 임금은 약속한 날짜가 다가오자 밤잠도 이루지 못하고 초조하여 안절부절 하고 있었으니 여의정은 물론 모든 신하들이 몸 둘 바를 모르고 근심들만 하고 있었다.

　그런데 이 영의정은 심성이 착하고 어진 사람으로 아무리 국법이지만 자기를 낳아주시고 키워주신 어머니를 늙었다고 내다버릴 수가 없었다.

　그래서 울안에 토굴을 파놓고 그 속에 숨겨놓고 조석으로 문안을 드리며 뫼시고 있었다. 하루는 문안 온 아들을 본 노모께서 "요새 네 얼굴을 보니 몹시 야위고 수심이 가득 찬 얼굴인데 무슨 걱정되는 일이라도 있느냐?"하고 물으셨지만 어머니께 심려를 안 주려고 "별일 없습니다"라고 하자 노모는 "왜 나를 속이려 하느냐? 내 나이 구십이 넘었게 살았더니, 네 얼굴만 봐도 네가 무슨 생각을 하고 있는지도 안다."하며 근심거리가 있으면 거짓 없이 말을 하라고 재촉을 하는 것이다 .

할 수 없이 전후 사정을 아뢰니 노모께서 "네 나이가 지금 몇 인데 아직 그런 경륜도 없느냐?"하시며 오랫동안 살아온 경험과 생각으로 판별하는 방법을 아들에게 일러주었다.

다음날 아침 영의정은 임금님께 노모가 가르쳐 준대로 "나무토막은 물속에 오래 담가두면 먼저 가라앉는 쪽이 뿌리 쪽이고, 뱀은 주위를 돌며 경계하는 놈이 수놈이며, 말은 유달리 새끼를 사랑하는 모성애의 본능이 있는 동물이라서 목이 말라 할 때에 물을 떠다주면 새끼에게 물을 먼저 먹이고 어미는 나중에 먹을 것이라는 생각이 듭니다."라고 하니 임금도 이 말에 공감하고 즉시 이 내용을 이웃나라 임금에게 전했다.

그러자 이웃나라 임금은 크게 감탄하여 "그런 지혜를 어떻게 생각해 냈느냐?"고 하며 많은 상금을 보내왔다.

임금은 매우 흡족해하며 영의정에게 큰상을 내리기로 했다. 그때 영의정은 머리를 조아리고 임금님께 "저는 이 나라의 법을 어겼으니 벌을 내려 주십시오."하며 노모를

216

토굴에 숨겨놓고 있었는데 그 지혜를 토굴 속에 있는 늙은 어미로부터 얻었다고 고하니 그때 임금이 깨달은 바 있어 만조백관 앞에서 나이 많은 분의 경륜이 과연 큰 것임을 알게 되었다고 하며 고려장제도를 폐지시키고 노인을 섬기는 국풍을 만들었다는 것이다.

*

또한 어느 마을에 쥐들이 많이 모여서 살고 있었는데, 하루는 젊은 쥐들이 모여 상의(相議) 끝에 젊은 쥐들은 날마다 먹을 것을 구하기 위하여 애를 쓰고 있는데 늙은 쥐들은 먹고 놀고만 있으니 늙은 쥐들을 버리고 젊은 쥐들끼리만 거처를 다른 곳으로 옮기기로 했다.

젊은 쥐들은 해가 저물기를 기다렸다가 황혼이 짙어지고 석양노을도 사라져 어두워지자 모두 다른 곳으로 떠나기 시작했다.

가는 도중 마을 외딴집의 뒤뜰을 지나다가 고기 찌개 끓는 냄새를 맡고는 구미가 당겼다. 주위를 살펴보니 뒤뜰에다 삼발 쇠를 놓고 그 위에다 냄비를 올려놓고 고기 찌게를 끓였는데 마침 주인여자는 냇가로 물을 길러 가고 아무도 없었다.

젊은 쥐들은 냄비속의 고기를 꺼내 먹으려 하나 도저히 삼발 쇠를 타고 오를 수가 없다. 궁리 끝에 늙은 쥐 있는 곳으로 다시 가서 그 냄비고기를 먹을 수 있는 방법을 물어보니 늙은 쥐들은 "아직도 그런 지혜도 없단 말이냐?" 하고는 "삼발 쇠 한 기둥 밑을 파보라"고 일러주었다.

즉시 달려가 그대로 해보니 삼발 쇠가 넘어지고 냄비가 쏟아져서 고기를 먹게 되었다. 그리고는 젊은 쥐들이 다시 생각해보니 늙은 쥐들은 집에서 놀면서 먹기만 하는 줄 알았는데 역시 그게 아니로구나 하며 늙은 쥐들의 경윤과 지혜가 자기들을 먹여 살리는 것이라고 깨닫고 다시 돌아왔다는 우화이다.

*

명나라 문인이 지었다는 지혜보따리라는 뜻인 지낭(智囊)에는 명지(明智), 찰지(察智), 술지(術智) 등 열 가지로 인간지혜를 가름하고 사례(事例)를 들었는데 원숙한 노인의 지혜를 으뜸가는 상지(上智)로 치고 있다고 한다.

미소를 나누는

나이가 들면 기억력은 쇠퇴 하지만 사고력(思考力),추리력(推理力),판단력(判斷力)은 노년에도 성장 한다는 것이다.

공중 위생과 의약의 발달로 평균수명은 늘어가고 있는데 사람의 노후가 고적하고 불행할 수밖에 없는 것이라면 젊은 사람들만으로 이 사회가 명랑하고 행복할 수 있을 것인가?

가정에서나 사회에서나 남녀노소가 서로 존중하고 각자응분의 공헌을 하는 것이 참된 행복의 원동력이 아닐까 여겨진다.

우리 모두 부모님께 효도하고 어르신을 공경하는 경로사상을 고취하자!

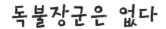

독불장군은 없다

어느 날 손가락 오형제들이 서로 자기가 제일 중요한 역할을 한다고 다툼이 벌어졌다.

'엄지'가 먼저 하는 말이 "나는 힘도 제일 세거니와 집게손가락으로서 무엇이나 잡았다 놓았다할 때 언제나 나를 제일 필요로 하거니와 제일이라고 표현할 때에는 내 엄지를 내미는 것만 보아도 내가 우리들 중에서 제일이 아니겠느냐?"라고 말했다.

그러자 '검지'가 손가락을 곧게 세우고 하는 말이 "나야말로 길 잃은 사람들에게 길을 가르쳐주고 또한 좋은 일 나쁜 일을 지적해주고 특히 총을 들고 적과 싸울 때에도, 이 검지가 없다면 방아쇠를 어떻게 당긴단 말인

미소를 나누는

가? 또한 엄지가 말하는 집게손도 이 검지가 있어야 집게
가 되는 것이니 나야말로 손가락 중에서 으뜸이 아니겠느
냐?"

이러자 '중지'가 손바닥을 펴보이면서 말을 한다. "이
손바닥을 보아라. 나야말로 손바닥 중심에서 너희들을 양
쪽에 거느리고 모든 일에 앞서나가고 있지 않느냐? 그래
서 언제나 손을 사용할 때에는 내가 중심이 되어 쥐었다
폈다 하는 것이니, 내가 제일 중요한 존재라는 것을 알아
야 한다."라고 말을 했다.

이번에는 '약지'도 뒤질세라 큰소리로 말을 합니다. "국
가나 가정이나 경제가 제일 중요한 것인데 경제권을 쥐고
있는 나야말로 우리들 중에서 제일 중요한 존재라는 것을
알아야 한다. 너희들 눈에는 이 값비싼 금은보석의 반지
가 보이지 않느냐? 따라서 내가 있기 때문에 예쁘고 아름
답게 보인다는 것도 알아야한다"라고 말을 했다.

이때에 이야기를 듣고 있던 새끼손가락도 콧방귀를 뀌
며 하는 말이 "흥, 너희들이 아무리 서로 잘났다고 떠들어
도 내가 없다면 너희들은 모두병신이 되는 거야!"

세상이야기

221

이 말이 맞는 말입니다. 독불장군은 없습니다. 각자가 서로 돕고 하나로 뭉쳤을 때 최대의 기능은 발휘하게 되고 아름다운 손이 될 수 있다. 그렇다면 이 아름다운 손이란 어떤 손일까요?

넘어진 친구를 위해 내미는 손, 그 손은 아름다운 손입니다.

하루 종일 수고하신 아버지 어머니의 어깨를 주무르는 손, 그 손은 아름다운 손입니다.

낙망하고 좌절한 이에게 내미는 손, 그 손은 아름다운 손입니다.

사랑하는 사람이 흘리는 눈물을 닦아주는 손, 그 손은 아름다운 손입니다.

나 아닌 남을 위해 눈물 흘리며 두 손 모아 기도하는 손, 그 손은 참으로 아름다운 손입니다.

아름다운 그 손은 지금 여러분에게 있습니다. 그 손을 남을 위해 사용하는 아름다운 손이 되기를 바랍니다.

미소를 나누는

나 하나쯤이야

옛날 어떤 마을에 서당이 있었는데 그 서당의 훈장님의 생일날이 왔다. 제자들이 모여서 상의 끝에 소주 한 병씩을 갖다가 대접하기로 했다.

그런데 한 제자가 생각하기를 "모든 제자들이 소주 한 병씩을 가져오면 큰 술독에다 부어놓고 주전자에 담아서 따라 마실 것이니 나 하나쯤이야 맹물을 가지고 가도 알 수 없겠지"하고 술병에 소주 대신 맹물을 넣어가지고 갔다. 제자들이 가져온 술은 큰 술통에 전부 따라 부었다. 생일에 초대받은 동네 어른들이 모이고 주안상이 나왔다. 술은 주전자에 담아서 같이 나왔다.

술상에 둘러앉은 사람들 앞에 놓인 술잔마다 소주가 가

득가득 부어졌다. 좌중의 한 사람이 훈장의 생일을 축하한다며 큰 소리로 건배를 선창하니 모두들 건배를 외치고 술을 마시었다.

그런데 이게 웬일인가, 술이 아니고 맹물이 아닌가? 소주 한 병씩을 가져오기로 한 제자들이 모두 "나 하나쯤이야"하고 맹물을 가져 온 것이다. "나 하나쯤이야"가 별것 아닌 것 같지만 가장 중요한 것이다'

불란서에서도 이와 비슷한 이야기가 있다. 불란서의 포도주로 유명했던 농촌마을에서 생긴 일이다. 이 마을은 지질과 기후가 포도재배에 적합하여 포도 맛이 매우 좋아 이 마을에서 담근 포도주는 타의 추종을 불허했다.

이 소문이 널리 퍼져서 영국까지 알려졌다. 영국의 무역상들이 이 마을 포도주를 모두 수입해 가려고 이 동네를 방문하게 되었다. 마침 그날은 이 마을 촌장의 회갑 날이라 동네사람들은 촌장님께 잔치를 베풀어 주기로 했다. 그래서 몇몇 집에서는 안주를 장만하기로 하고 나머지 집에서는 집에 담가놓은 포도주를 한 단지씩 가져오기로 했다.

미소를 나누는

그런데 포도주를 가져오기로 한 집에서 좋은 포도주를 내놓기가 아까워서 물을 타서 가져간들 모두 술통에 부어 놓고 조금씩 따라 마실 것이니 누구네 술맛이 나쁜지 알 수가 없을 것이라 생각하고 맹물을 탄 포도주를 갖다가 잔칫집 큰 술통에 부었다.

　그런데 '나 하나쯤 그렇게 해도 큰 문제가 없겠지'하고 각자가 다 그렇게 생각하고 모두가 물을 탄 포도주를 가져왔으니 포도주 맛이 말이 아니었다.

　술상이 나오고 잔치가 베풀어지려는 무렵에 갑자기 생각지도 아니한 영국의 무역상들이 당도했다. 마을 사람들은 많은 포도주의 수출길이 열려 부자 마을이 될 것을 기대하며 정성껏 이들 무역상들에게 포도주를 대접했다.

　그러나 물이 섞인 포도주니 맛이 날 리가 없다. 이들 무역상들은 포도주 맛이 좋지 않다고 수근대더니 그대로 가버리고 말았다.

　영국의 무역상들과 계약이 된다면 포도주의 수출길이 열려 부자마을이 될 것인데 그만 무산된 것이다. 한 사람한사람의 "나 하나쯤이야"가 한 개인의 피해뿐만 아니라 그 마을 전체에 피해를 끼쳤고 더 나아가 수출 길을 막았으니 나라에도 큰 피해가 된 것이다.

지금도 우리 주변에는 "나 하나쯤이야 법을 다소 위반한다고 질서가 무너지겠는가?"하고 생각하는 사람들이 많이 있다. 이것이 문제인 것이다. 모두가 그렇게 생각하고 법을 어긴다면 이 사회가 어찌되겠는가?

우리 모두가 법을 지켜 정의로운 사회, 깨끗하고 아름다운 사회가 되도록 노력하여야 할 것이다.

미소를 나누는

도화돔과 가시고기 이야기

가시고기의 이야기를 들으면서 부모. 자식. 희생. 사랑. 삶과 죽음. 그리고 아름다움. 이런 것들을 묵상하여 보며 나 자신을 더욱 낮추는 것이 어떨까요?

물고기 중에 몸체에서 복숭아꽃 빛이 난다고 하여 도화 (桃花)돔이 있습니다. 한국 사람은 아버지 사랑을 도화돔 사랑이라고 한다.

암놈이 낳아놓은 수정란을 수놈이 입에 머금어 부화시키고 입안에서 기르기 때문에 자란 다음에도 먹이가 있는 곳으로 옮겨 다니며 풀어 놓았다가 위험에 닥치면 입속에 불러들여 보호를 한다. 이렇게 긴 세월 동안 아빠 도화돔은 먹이를 먹을 수가 없습니다. 살이 빠져 수척해질 수 밖에 없고 모양새가 바늘처럼 가늘어 진다고 해서 침두어

(針頭魚) 라고도 한다.

 부성애의 대표주자로 가시고기를 들 수 있다.
 암놈이 알을 낳고 힘들어 바로 죽고 나면 수놈이 보름
동안 먹지도 않고 자지도 않고 지느러미를 움직여 맑은
산소를 공급하고 위해를 가해올 수 있는 어류가 오면 몸
집의 크고 작고와는 상관없이 필사의 전투를 벌인다. 이
렇게 먹지도 못하고 사투를 다 하다보면 체력이 소모되어
생명을 지탱하지 못하고 새끼들 있는 쪽으로 머리를 향하
고 죽는다. 이때 부화된 새끼 기시고기들이 아비의 살을
뜯어먹고 앙상한 뼈만 남게 됩니다. 즉 가시만 남는다
하여 가시고기라는 이름이 부쳐진 것이다.

 세상에는 물고기보다 못한 사람들이 많이 있다. 부모가
자식을 버리고 자식이 부모를 버리고 자신은 희생하지도
않겠다는 자기만 생각하고 남을 돌아보지 않는 세상 속에
서 가시고기는 "인간들이여, 자기를 희생하여 나는 1000
여 마리를 생산하고 그들의 생명을 지켰다. 나와 같이 않
다면 나보다 못한 사람"이라고 이 시대에 강한 메시지를
보내고 있다. 가시고기와 같은 삶을 살아가는 우리들이
되었으면 좋겠다.

미소를 나누는

누워서 먹을 팔자

어떤 얼간이 친구가 유명하다는 관상(觀相)쟁이에게 가서 관상을 보아 달라고 했다. 관상쟁이가 한참 그 친구의 얼굴을 보더니 "참 좋은 상이로다. 누워서 먹을 팔자로구나"라고 하는 것이다.

이 친구 기분이 좋아서 뒤뜰 감나무 밑으로 가서 연시가 다 되어 떨어지는 감을 받아먹으려고 누워서 입을 벌리고 있었으나 머리에 떨어지거나 가슴 쪽으로는 떨어지는데 입으로는 떨어지지가 않는 것이다.

이 친구 다시 그 관상쟁이에게 가서 "누워서 먹을 팔자라 했는데 연시가 다 되어 떨어지는 감나무 밑에서 입을 벌리고 누워 있어도 입으로 안 들어오니 관상이 틀린 것이 아니냐?"고 따졌다.

그랬더니 관상쟁이가 하는 말이 "타고난 팔자라도 노력을 해야 그 팔자를 놓치지 않는 법"이라고 하며 방갓 하나를 갖다가 끝 부분에 구멍을 내어서 주며 이 방갓을 거꾸로 하여 구멍 난 곳에 입을 대고 누워있어 보라고 했다. 그렇게 해 보니 머리 쪽이나 배 쪽으로 떨어진 연시가 입을 대고 있는 구멍으로 굴러 내려와서 입으로 들어왔다.

관상쟁이가 하는 말이 아무리 좋은 팔자를 타고나도 노력을 하지 않으면 그 팔자를 놓치는 것이니 열심히 일해서 타고 난 자기 팔자를 지켜야 한다는 것이다.

과연 맞는 말이라 생각도 된다. 그러나 팔자나 운은 무시할 수없다는 우스갯소리도 있기에 재미로 한마디 더 해보기로 한다.

어떤 친구는 오늘의 운수가 소에 밭쳐 죽을 운이라고 해서 온종일 밖에 나가지를 않았는데 저녁때가 되어 귀가하도 가려워 귀이개로 후비다가 그만 실수를 하여 귓속에 상처를 냈는데 그 상처에 세균이 번져 곪기 시작하여 세균이 머리 뇌 속으로 들어가 죽었다고 한다. 그런데 그 귀

미소를 나누는

이개가 소뿔로 만든 것이라나?

　또 한 친구는 물에 빠져 죽을 운이라 하여 종일 문을 잠그고 집안에만 있었는데 저녁때가 되어도 아무 인기척이 없어 문을 열고 보니 그 친구가 엎드려 죽어 있더란다. 머리를 들어보니 물수(水)자가 써있는 글자위에 코를 박고 죽었더란다. 거짓말 치고는 상거짓말이다.

　하여간 아무리 좋은 팔자를 타고 났어도 노력 없이는 놓치고 만다는 것이 틀린 말은 아닌가 싶다.

점술가 유봉강 이야기

　황해도 봉산(鳳山)에 유봉강이라는 점술가가 있었다. 이 사람은 어려서부터 영리하여 인근에서 천재라는 말을 들으며 자랐다.

　점술(占術)을 배우기 시작했는데, 며칠 안 되어 선생님보다도 점을 잘 친다는 소문이 났다. 선생님은 제자를 시험해보려고 앞산 등성이로 데리고 올라가는데, 마침 맞은편 쪽에서 한 부인이 머리에 광주리를 이고 오는 것을 보자, 선생님은 "애야, 저 부인이 무엇을 광주리에 담아가지고 오는지 맞혀보아라"하니 제자가 조금 생각하더니 "밤(栗) 예순 네 송이를 따가지고 옵니다."라고 대답을 했다.
　그 부인이 오기를 기다려서 확인을 해보니, 밤 예순 네 송이가 틀림없었다.

"애야, 어떻게 밤 예순 네 송인 것을 알았느냐?"하고 물으니 "선생님께서 가르치신 대로 했습니다. 선생님께서 저에게 질문을 하실 때에 까치 한 마리가 나뭇가지를 물고 서쪽으로 팔팔 날아가는 것을 보고 알았습니다. 나뭇가지(木)를 물고 서(西)쪽으로 갔으니, 서녘서(西)밑에 나무목(木)을 합치니, 밤률(栗)자가 되어 밤인 줄 알았습니다."라고 하니, "그래 그것은 나도 그렇게 알았는데, 예순 네 송이는 어떻게 알았느냐?"하니 제자 하는 말이 "나뭇가지를 물고 가는 까치가 팔팔 날아갔으니 팔팔은 육십사가 아닙니까?"하고 말을 하는 것이다.

그러자 선생님은 "과연 네가 나보다 낫다."하고는 집으로 데리고 가서 저녁을 먹이고 함께 잤는데, 새벽에 옆집의 한 제자가 선생님 댁의 대문을 두드리며 부르는 것이다. 선생님이 또 제자에게 물었다.

"너, 저 녀석이 무엇하러 왔는지 맞춰보아라"하니 "솥뚜껑을 빌리러 온 모양입니다"라고 답하는 것이다.

선생님도 점을 쳐보니 점괘(卦)가 뱀사(蛇)자로 나왔다. 뱀이면 긴 동물이니까 밧줄이나 새끼줄을 빌리러 온 것이 틀림이 없으므로 선생님은 새끼줄을 가지러 온 것이지, 솥뚜껑이 아니라고 했다. 이때에 제자가 나가서 대문을 열어주며 "왜 왔느냐?"고 물으니 "솥뚜껑을 빌리러 왔다"는 것이다.

선생님은 점괘가 뱀사(蛇)자로 나오는데 새끼줄이나 밧줄이 아니냐?"하니, 제자 대답이 "선생님도 참, 뱀이 낮에는 기어 다니지만, 지금이 새벽이니 솥뚜껑 모양으로 똬리를 틀고 머리만 손잡이 모양으로 내놓고 있지 않습니까?"라고 하니, 선생님 무릎을 치며 제자의 사고력에 감탄을 했다.

이 제자가 커서 돈벌이나 해볼까 하고 한양(지금의 서울)으로 올라왔으나, 가진 돈이 없어서 다리 밑에다 자리를 잡고는 날이 어두워지자 촛불을 켜놓고 역술서적을 보고 있었다.

때마침 상감께서 민정을 살피느라 내관을 데리고 평민의 복장을 하고, 이 골목 저 골목을 다니다가 다리 밑에 촛불을 켜놓고 책을 보고 있는 이 사람을 보게 되었다. 상감께서는 다리 밑으로 내려가서 "뉘 시온데 이런데서 책을 보고 있소?"하고 물으니, 그 사람은 "황해도 봉산에서

미소를 나누는

살고 있는 유서방이온데, 점술을 조금 배웠기에 돈벌이가 될까 하여 왔습니다."하고 대답하는 것이다.

상감께서는 "그러면 내 점을 좀 봐 주시오"하자, "저는 파자(破字)점을 조금 배웠으니, 생각나는 글자가 있으면 말씀 하십시오"라고 하는 것이다. 문득 생각나는 글자가 물을 문(問)자가 떠올라서, "물을 문"이라고 하자, 이 점술가인 유 서방은 벌벌 떨면서 "어찌 이런 곳까지 납시셨는지요?"하며 땅에 엎드리고 고개를 들지 못하니 "왜 그러느냐?"고 물었다.

그러자 "점괘(占卦)가 이렇게 나와서 그렇습니다."하며, 점괘를 풀어서나온 쪽지를 내놓았다. 내용인즉 "좌군 우군 필연지군(左君右君 必然之君)이라, 문자를 풀어보면, 왼쪽도 임금(君)이요, 오른쪽도 임금이니, 필연코 임금님이 올시다"라고 하는 것이다.

상감께서는 "어찌 그런 큰일 날 소리를 하는가?"하고 돌아오면서 곰곰이 생각해 보니, 하도 신통하여 다음날 거리에서 멀쩡하게 생긴 걸인을 데려오게 하여 큰 벼슬아치로 보이도록 관복을 입히고, 내관들을 대동하게 하여 그 다리 밑에 가서 점을 쳐보도록 하고, 생각나는 글자를 대라고 하면 "물을 문(問)"하라고 교육을 단단히 시켜서 보냈다.

이 걸인을 교자에 태우고 다리 밑으로 가서 "물럿거러, 물럿거라"라며 소리치며 점쟁이를 찾았다. 점쟁이가 크게 놀라 당황하며 "어찌 이런 곳까지 행차하셨나이까?"하니, 점을 치러 왔다고 하며, 상감께서 일러준대로 생각나는 글자를 "물을문(問)"이라고 하였다.

잠시 후에 점괘가 나온 것을 보고는 "저는 죽어도 이 점괘는 풀수 없으니, 제발 그냥 돌아가십시오."하며 애원을 하는 것이 아닌가? 내관들의 호통에 할수 없이 점괘를 풀었는데, "문전구입 필연지걸객(門前口入必然之乞客)"이라고 쓴 쪽지를 건네주니, 그 뜻인즉 문앞에서 입을 빌었으니, 필연코 걸인이라고 해석이 된다고 했다.

상감께서 그 말을 듣고 "과연 훌륭한 점술가로다"하시며, 그 사람에게 봉강이라는 벼슬을 주니, 그 후부터 유봉강으로 불렸다고 한다.

미소를 나누는

동물농장 이야기

옛날이야기에 진가네 잔치라는 말이 있다. 진씨(陳氏) 성을 가진 농부가 동물농장을 경영하고 있었다. 생일 잔 칫날을 앞두고 손님들에게 가축을 잡아서 대접하려고 오리에게 말을 했다. "이번 잔칫날에 너를 잡아서 대접하겠다."고, 하자 오리가 펄펄 뛰면서 하는 말이 "나는 매일 알을 낳아주는데 왜 하필 나를 잡겠다고 합니까? 알도 못 낳고 놀기만 하는 수탉이 있지 않습니까?"

주인이 그 말을 듣고 보니 오리의 말이 맞는 것 같아서 수탉을 불러놓고 사정을 얘기하니, 수탉도 하는 말이 "나는 날이 밝아올 때면 힘차게 날개를 치며 울어서 시간을 알려주어 농장 일에 큰 도움을 주지 않습니까? 그러니 먹고 살만 찌고 있는 돼지가 있지 않습니까?"

이 말을 들은 돼지도 하는 말이 "내가 없으면 거름을 누가 만들어 이 척박한 땅에서 농사를 짓을 수가 있겠습니까? 저 덩치가 큰 소가 있지 않습니까?" 그러자 소도 하는 말이 "나는 열심히 논밭 갈고 일해서 농사를 짓는데 왜 나를 놀고먹는 줄 압니까? 뛰어 놀기만 하는 말이 있지 않습니까?" 이때 말도 하는 말이 "내가 있어서 농장 안에 위급한 일이 생겼을 때에 신속하게 달려가서 해결하지 않았습니까? 쓸모없는 양이나 잡도록 하세요." 이 말을 듣고 있던 양도 하는 말이 "나는 털을 생산해서 좋은 옷감을 만들게 하고, 추운 겨울에는 양모이불을 만들어 덮도록 하는데, 왜 하필 나란 말입니까? 개가 있지 않습니까?" 개가 이 말을 듣고 양에게 하는 말이 "이 배은망덕한 양놈아! 너를 늑대로부터 지켜주는 나를 잡아먹으라니, 이럴 수가 있냐?" 고 화를 내는 것이었다.

이렇게 되자 농장주인은 화가 나서 가축 모두를 잡아서 잔치를 치르겠다고, 일꾼을 시켜 칼을 갈게 했다. 얼마 후에 양이 곰곰이 생각해 보니 사실 개가 늑대로부터 지켜주지 않았다면, 새끼 양까지도 늑대의 밥이 되었을 것이 아니겠는가?

양이 머리를 조아리고 주인에게 하는 말이 "제 생각이 부족했습니다. 개가 아니면 우리의 새끼 양들까지도 늑대의 밥이 되었을 것입니다. 저를 잡아서 잔치를 치르십시오." 하고 말을 했다. 옆에서 이 말을 듣고 있던 말이 말하기를 "양은 털을 만들어 사람들을 따뜻하게 해주고 있지 않습니까? 나를 잡도록 해 주시오." 라고 하자, 소도 말하기를 "일전에도 주인께서 병이 났을 때에 말이 그 먼 길을 쏜살같이 달려가서 의사를 데리고 와서 위급을 면하지 않았습니까? 저를 잡으십시오." 하고 주인에게 아뢰는 것이었다.

이런 식으로 오리까지 되돌아오자 주인이 가축들의 말을 듣고 보니 하나같이 농장 경영에 없어서는 안 될 필요한 가축일 뿐만 아니라 목숨을 걸고 의리를 지키려는데 감동되어 눈물을 흘리며 잔치를 버리지 않기로 했다고 한다. 그러니 자기만 살려고 하면 모두가 죽고, 서로 희생을 자청하면 모두가 살게 된 것이다.

충성이냐 아부냐

조선시대 세조 때의 이야기다. 어느 해, 새해를 맞이하여 신동으로 소문난 네 살짜리 세조의 아들(훗날 예종)이 만조백관들 앞에서 붓글씨를 쓰게 되었다. 천재라 불리우는 어린 세자가 글을 쓴다고 하니, 조정의 높은 벼슬아치는 물론 구경꾼들이 많이 모여들었다. 워낙 어린 세자라 그의 글 쓰는 모습을 직접 들여다보기란 앞에 있는 고관들 외에는 도저히 불가능한 일이었다.

그런데 어디선가 "야, 참으로 명필이로다!"라고 감탄하는 소리가 들렸다. 숨을 죽이고 세자의 손끝을 바라보고 있던 큰 벼슬아치들은 소리 나는 곳을 향하여 일제히 고개를 돌렸다. 그랬더니 큰소리로 감탄사를 내뱉던 사람은 글 쓰는 현장을 볼 수조차 없는 한참 뒷줄에 속해 있는 말단의 신하였다는 웃지 못 할 일화이다.

　물론 세자는 그때까지 손에 붓도 들지 않고 있었고, 이제 막 먹을 갈기 위하여 연적(硯滴)의 물을 벼루에 붓고 있을 때였다. 앞사람에 가려서 글 쓰는 모습을 볼 수 없었던 그 신하는 타이밍을 맞추지 못하고, 그만 너무 일찍 아부의 탄성을 해버리고 만 것이다.

　봉건사회이든 민주사회이든 상사에 대한 충성의 가치에는 아무 변화가 없을 것이다. 문제는 어떻게 하는 것이 충성인가? 하는 그 내용이다. 간신으로 역사에 지목되는 사람도 당대의 그 상사에게는 충신으로 비쳐질 수 있으며, 자신도 충성을 바치고 있다고 생각할 수가 있기 때문이다. 지도자는 훌륭한데 주위에서 보좌하는 사람들이 문제인 경우도 있다.

　우리는 정부수립 후에 적지 않은 지도자를 보아왔지만, 측근들에 의하여 인(人)의 장막에 가려서 민의를 제대로 파악하지 못한 지도자를 보아왔다.

　어떤 대통령 때에는 정권타도의 데모가 한창일 때 "이 데모가 무슨 데모냐?"고 대통령이 묻자, 측근들은 대통령 각하의 지지데모라고 거짓말을 했다는 이야기를 들은 적이 있다. 이것을 과연 충성심이라고 할 수 있을까?

그 대통령이 물러나면 자기들의 권력도 끝장이 나기 때문에 자기들을 위한 충성심은 아니었을까? 자유당시절에 3·15 부정선거나 미국의 닉슨 대통령 시절의 워터게이트사건 등을 어떻게 생각해야 할지? 과연 충성심이었을까? 아부였을까?

중국 위(魏)나라 문왕 밑에서 서문표라는 사람이 고을의 장관이 되어 고을을 통치하였다. 그 사람은 청렴결백하고 성실하여 털끝만큼도 사리사욕을 도모하지 않았다. 원래 청렴한 사람이라 임금의 근신들에게 특별한 성의를 베풀 수가 없었다.

그러자 근신들은 입을 모아 서문표를 모함하기 시작했다. 얼마 후 서문표는 나름대로 열심히 고을을 다스려 많은 업적을 남겼는데도 불구하고, 문왕으로부터 퇴진의 명을 받게 되었다.

이때 서문표는 생각되는 바가 있어서 문왕에게 이제야 고을을 다스리는 법을 알았으니, 한번만 다시 기회를 달

미소를 나누는

라고 간청을 했다. 기대에 어긋나면 어떠한 처벌도 감수하겠다고 아뢰니, 문왕은 퇴진을 보류해 주었다. 그 후 서문표는 서민들로부터 많은 세금을 거두어서 문왕의 측근들에게 여러가지 명목을 만들어 많은 돈의 뇌물을 보내서 환심을 사는데 노력했다.

일 년쯤 지난 후 문왕으로부터 서문표에게 정사에 공이 많다고 상이 주어졌다. 이때 서문표는 문왕에게 다음과 같이 아뢰었다. "소신은 몇 해 동안 군주와 백성들을 위하여 열심히 통치를 하였는데 퇴진하라는 명을 받았던 적이 있습니다. 그런데 그 후부터는 근신들을 위하여 고을을 통치하였더니 군주께서 상까지 내리시니, 이러고서야 나라가 잘 될 수 있겠습니까?"라는 말을 하고, 상 받는 것을 사양하고 사퇴서를 내놓고 물러나려고 하였다.

이 말을 들은 문왕은 "이제 나도 깨달았다"고 하며 사퇴서를 돌려주며 "지난날의 그러한 사정을 파악하지 못한 것은 나의 실책이니 모두 이해하고, 앞으로 나라를 위하여 고을을 통치해 주기 바란다"고 했다는 이야기다. 지금 우리는 어떠한지? 다 같이 이 내용이 갖는 의미를 음미해 보도록 하자.

포기하지 마라

집안이 나쁘다고 탓하지 말라.
나는 아홉 살때 아버지를 잃고 마을에서 쫓겨났다.

가난하다고 말하지 말라.
나는 들쥐를 잡아먹으며 연명했고
목숨을 건 전쟁이 내 직업이고 내일이었다.

작은 나라에서 태어났다고 말하지 말라.
그림자 말고는 친구도 없고 병사로만 10만
백성은 어린애, 노인까지 합쳐200만도 되지 않았다.

배운게 없다고 힘이 없다고 탓하지 말라.
나는 내 이름도 쓸 줄 몰랐으나

미소를 나누는

남의 앞에 귀 기울이면서 현명해지는 법을 배웠다.

너무 막막하다고 그래서 포기해야겠다고 말하지 말라.
나는 목에 칼을 쓰고도 탈출했고
뺨에 화살을 맞고 죽었다 살아나기도 했다.

적은 밖에 있는 것이 아니라 안에 있었다.
나는 내게 거추장스러운 것은 깡그리 쓸어버렸다.
나를 극복하는 그 순간 나는 징기스칸이 되었다.

- 징기스칸 -

명당자리 찾기만 고집해야하나

우리나라 국보 제1호는 남대문이고, 보물 제1호는 동대문으로 되어 있다. 그러나 원래는 동대문은 흥인지문(興仁之門)이라 했고, 남대문은 숭례문(崇禮門)이라고 했다. 그런데, 일제(日帝)가 동대문 · 남대문으로 불렀다고 하며, 원래대로 동대문은 흥인지문, 남대문은 숭례문으로 부르기로 했다는 보도가 있었다.

그 후 일부 학자들은 역사기록에도 흥인지문과 숭례문을 속칭 동대문과 남대문이라고 기록된 것이 있어 일본이 만들어 낸 것이 아니라는 해명도 있었다.

동양철학의 오행설(五行說)을 예를 든다면 동 · 서 · 남 · 북 · 중앙 하는 오방(五方)은 인(仁) · 의(義) · 례

미소를 나누는

(禮)·지(智)·신(信)이라는 오상(五常)과도 횡적으로 상통한다는 논리가 있다고 한다.

   태조 이성계가 한양에 천도하여 도성을 쌓고 동·서·남·북 사대문의 이름을 지을 때도 이 오행설을 적용해서 동대문은 동방에 해당되는 인(仁)자를 넣어서 흥인지문이라 이름을 지었고, 남대문은 남방에 해당되는 례(禮)자를 넣어 숭례문이라고 했고, 서쪽에 위치한 서대문은 서방에 해당되는 의(義)자를 넣어서 돈의문이라고 이름을 지었다고 한다.

   남대문의 경우 숭례문이라고 명명(命名)한 사람은 정도전이고, 현판은 양녕대군이 썼다고 한다. 또한 종로에 있는 종각도 사대문 중앙에 위치했다고 하여 신(信)자를 넣어서 보신각(普信閣)이라고 했다

   태조 이성계가 풍수지리에 능한 무학대사를 대동하고 전국을 누비며 도읍지를 찾아다니다 한양(지금의 서울)을 천하의 길지(吉地)로 지목했다.

   풍수지리에서 길지(吉地)라 함은 큰 산이 병풍처럼 둘

러 있고, 왼쪽산은 청룡같이 길게 뻗고, 오른쪽산은 백호
같이 웅크리고 있으며, 앞에는 조그마한 산들이 부복하고
있는 곳을 말한다.

따라서 좌청룡은 종손(宗孫)을 말하고, 우백호는 지손
(支孫)의 운세를 상징하는 것이라고 한다. 그런데 좌청룡
에 해당하는 낙산은 주봉이 북악산으로부터 멀고 나지막
하다.

그러나 우백호인 인왕산은 북악산 가까이서 으르렁대며
위엄을 부리는 형국이다. 따라서 종손을 상징하는 낙산의
산세가 약하므로 이를 보완하기 위하여 동대문현판을 흥
인지문이라고 일부러 갈지(之)자 하나를 넣어서 용처럼
길게 썼다고 한다.

한편 지손의 운세를 좌우하는 우백호인 인왕산은 그 운
세를 꺾기 위하여 앞쪽의 남대문에 숭례문이라는 현판을
세로로 써서 기세를 막았다. 또한 불꽃 모양의 관악산 화
기를 그대로 두면 화재가 잦다고 하여 숭례문 앞에 남지
(南池)를 파던 것과 광화문 양쪽에 불을 먹어 치우는 해태
상을 앉힌 것도 같은 이유라고 한다.

미소를 나누는

그렇다면 좌청룡과 흥인지문의 효험이 있었는가? 조선조500년의 임금 27명중에서 장손이 왕권을 이어 영화를 누린 적은 7명(문종, 단종, 연산군, 인종, 현종, 숙종, 순종)뿐이지 않는가?

지손과 외척들이 권력을 찬탈하는 사건으로 점철되었으니, 명당자리 찾기에만 고집하는 일은 이제 없어져야하지 않을까 하는 생각이 든다.

목숨을 걸어도 사람은
쉽게 죽지 않는다.

다음은 대우 중공업 김규환 명장이 삼성에서 강의한 내용입니다.

- 저는 국민학교도 다녀보지 못했고 5대 독자 외아들에 일가친척 하나 없이 15살에 소년가장이 되었습니다.

- 기술 하나 없이 25년 전 대우 중공업에 사환으로 들어가 마당 쓸고 물 나르며 회사 생활을 시작했습니다.

- 이런 제가 훈장 2개, 대통령 표창 4번, 발명특허대상, 장영실상을 5번 받았고 1992년 초정밀 가공분야 명장 (名匠)으로 추대 되었습니다.

미소를 나누는

- 어떻게 이런 제가 우리나라에서 상을 제일 많이 받고 명장이 되었는지 말씀 드릴까요? 사환에서 명장(名匠)이 되기까지 부지런한 사람은 절대 굶지 않습니다.

- 제가 대우에 입사해서 현재 까지 오는 과정을 말씀 드리겠습니다. 제가 대우에 입사할 때 입사자격이 고졸이상 군필자였습니다. 이력서를 제출하려는데 경비원이 막아 실강이를 하다 당시 사장이 우연히 이 광경을 보고 면접을 볼 수 있게 해줬습니다. 그러나 면접에서 떨어지고 사환으로 입사하게 되었습니다.

- 사환으로 입사하여 매일 아침 5시에 출근하였습니다. 하루는 당시 사장님이 왜 일찍 오냐고 물으셨습니다. 그래서 선배들 위해 미리 나와 기계 워밍업을 한다고 대답했더니 다음날 정식기능공으로 승진시켜 주시더군요. 2년이 지난 후에도 계속 5시에 출근하였고, 또 사장님이 질문하시기에 똑같이 대답했더니 다음 날 반장으로 승진시켜 주시더군요.

- 내가 만든 제품에 혼을 싣지 않고 품질을 얘기하지 마십시오.

- 제가 어떻게 정밀기계 분야의 세계 최고가 됐는지 말씀
  드리겠습니다.

- 가공 시 온도가 1℃ 변할 때 쇠가 얼마나 변하는지 아
  는 사람은 저 하나 밖에 없습니다. 이걸 모를 경우 일
  을 모릅니다. 제가 이것을 알려고 국내 모든 자료실을
  찾아봤지만 아무런 자료도 없었습니다. 그래서 공장 바
  닥에 모포 깔고 2년 6개월 간 연구했습니다. 그래서 재
  질, 모형, 종류, 기종별로 X-bar값을 구해 1℃변할 때
  얼마 변하는지 온도치수가공 조견표를 만들었습니다.

- 기술공유를 위해 이를 산업인력관리공단의 '기술시대'란
  책에 기고했습니다. 그러나 실리지 않았습니다. 그런데
  얼마 후 3명의 공무원이 찾아왔습니다. 처음에 회사에
  서는 큰일이 일어난 줄 알고 난리가 났습니다. 그런데
  알고 보니 제출한 자료가 기계가공의 대혁명 자료인 걸
  알고 논문집에 실을 경우 일본에서 알게 될까봐, 노동
  부장관이 직접 모셔오라고 했다는군요. 장관은 "이것은
  일본에서도 모르는 것이오. 발간되면 일본에서 가지고
  갈 지 모르는 엄청난 것입니다."

미소를 나누는

- 목숨 걸고 노력하면 안 되는 일 없습니다.

- 일은 어떻게 배웠냐? 어느 날 무서운 선배 한 분이 하이타이로 기계를 다 닦으라고 시키더라구요. 그래서 다 뜯고 닦았습니다. 모든 기계를 다 뜯고 하이타이로 닦았습니다. 기계 2612개를 다 뜯었습니다.

- 6개월 지나니까 호칭이 '야 이 X끼 야'에서 '김군'으로 바뀌었습니다. 서로 기계 좀 봐 달라고 부탁했습니다. 실력이 좋아 대접 받고 함부로 하지 못하더군요.

- 그런데 어느 날 난생 처음 보는 컴퓨터도 뜯고 물로 닦았습니다. 사고 친 거죠. 그래서 그 때 알기 위해서는 책을 봐야 겠다는 생각을 가지게 되었습니다.

- 저희 집 가훈은 '목숨 걸고 노력하면 안 되는 일 없다' 입니다.

- 저는 국가기술자격 학과에서 9번 낙방, 1급 국가기술자격에 6번 낙방, 2종 보통운전 5번 낙방하고 창피해 1종으로 전환하여 5번 만에 합격했습니다.

- 사람들은 저를 새대가리라고 비웃기도 했지요. 하지만 지금 우리나라에서 1급 자격증 최다보유자는 접니다. 새대가리라고 얘기 듣던 제가 이렇게 된 비결을 아십니까? 그것은 목숨 걸고 노력하면 안 되는 일 없다는 저의 생활신조 때문입니다.

- 저는 현재 5개 국어를 합니다. 저는 학원에 다녀 본 적이 없습니다. 제가 외국어를 배운 방법을 말씀 드릴까요? 저는 과욕 없이 천천히 하루에 1문장씩 외었습니다. 하루에 1문장 외우기 위해 집 천장, 벽, 식탁, 화장실문, 사무실 책상 가는 곳마다 붙이고 봤습니다. 이렇게 하루에 1문장씩 1년, 2년 꾸준히 하니 나중엔 회사에 외국인들 올 때 설명도 할 수 있게 되더라구요.

- 진급, 돈 버는 것은 자기노력에 달려 있습니다. 세상을 불평하기 보다는 감사하는 마음으로 사십시오. 그러면 부러운 것이 없습니다. 배 아파하지 말고 노력 하십시오. 의사, 박사, 변호사 다 노력했습니다. 남모르게 끊임없이 노력했습니다.

- 하루 종일 쳐다보고 생각하고 또 생각하면 해답이 나옵

미소를 나누는

니다.

- 저는 제안 2만 4천 6백 12건, 국제발명특허 62개를 받았습니다.

- 저는 조금이라도 도움이 되는 건 무엇이라도 개선합니다. 하루 종일 쳐다보고 생각하고 또 생각하면 해답이 나옵니다. 가공기계 개선을 위해 3달 동안 고민하다 꿈에서 해답을 얻어 해결하기도 했지요.

- 제가 얼마 전에는 새로운 자동차 윈도 브러시도 발명하였습니다. 유수의 자동차 회사에서도 이런 거 발명 못했습니다. 제가 발명하게 된 배경을 설명 드리겠습니다. 회사에서 상품으로 받은 자동차가 윈도 브러시 작동으로 사고가 났습니다. 교통사고 후 자나 깨나 개선생각을 했습니다. 그러다 영화 타이타닉에서 배가 물을 가르는 것 보고 생각해 냈습니다. 대우자동차 김태구 사장에게 말씀 드렸더니 1개당 100원씩 로열티 주겠다고 하더라고요. 약속하고 오는 길에 고속도로와 길가의 차를 보니 모두 돈으로 보입디다.

- 돈은 천지에 있습니다. 마음만 있으면 돈은 들어옵니다.

- 회사에 대한 나의 생각 저의 종교는 대우중공업교(教)입니다.

- 저는 여러분들한테 반드시 종교를 가지라고 말씀 드리고 싶습니다. 저도 종교가 있습니다. 하지만 저는 교회나 절에 다니지 않습니다. 제 종교는 대우중공업교입니다. 우리 집에는 대우 깃발이 있고 식구들 모두 아침 밥 먹고 그 깃발에 서서 기도합니다.

- 저는 하루에 두 번 기도합니다. 아침에 기도하고 정문 앞에서 또 한 번 기도합니다. "나사못 하나를 만들어도 최소한 일본보다 좋은 제품을 만들 수 있도록 도와주십시오."

- 지금하고 있는 일에 최선을 다하는 자는 영화를 얻습니다.

- 저는 심청가를 1000번 이상 듣고 완창을 하게 되었습

미소를 나누는

니다. 심청가에 보면 다음과 같은 구절이 있습니다. "한 번 밖에 없는 인생 돈에 노예가 되지 마라! 지금 하고 있는 일이 너의 인생이다! 지금하고 있는 일에 최선을 다하는 자는 영화를 얻는다."

- 목숨 걸고 노력하면 안 되는 것 없습니다. 목숨 거십시오.

이순신장군의 어록

1. 집안이 나쁘다고 탓하지 마라.

   나는 몰락한 역적의 가문에서 태어나 가난 때문에 외갓 집에서 자라났다.

2. 머리가 나쁘다고 말하지 마라.

   나는 첫 시험에서 낙방하고 서른둘의 늦은 나이에 겨우 과거에 급제 했다.

3. 좋은 직위가 아니라고 불평하지 마라.

   나는 14년 동안 변방 오지의 말단 수비 장교로 돌았다.

4. 윗사람의 지시라 어쩔 수 없다고 말하지 마라.

   나는 불의한 직속상관들과의 불화로 몇 차례나 파면과

미소를 나누는

불이익을 받았다.

5. 몸이 약하다고 고민하지 마라.
   나는 평생 동안 고질적인 위장병과 전염병으로 고통 받
   았다.

6. 기회가 주어지지 않는다고 불평하지 마라.
   나는 적군의 침입으로 나라가 위태로워진 후 마흔 일곱
   에 제독이 되었다.

7. 조직에 자원이 없다고 실망하지 마라.
   나는 스스로 논밭을 갈아 군자금을 만들었고 스물세 번
   싸워 이겼다.

8. 윗사람이 알아주지 않는다고 불만을 갖지 마라.
   나는 끊임없는 임금의 오해와 의심으로 모든 공을 뺏긴
   채 옥사리를 했다.

9. 자본이 없다고 절망하지 마라.
   나는 빈손으로 돌아온 전쟁에서 열두 척의 낡은배로
   133척의 적을 막았다.

10. 옳지 못한 방법으로 가족을 사랑한다 말하지 마라.

　나는 스무 살의 아들을 적의 칼날에 잃었고 또 다른 아들들과 함께 전쟁터에 나섰다.

11. 죽음이 두렵다고 말하지 마라.

　나는 적들이 물러가는 마지막 전투애서 스스로 죽음을 택했다.

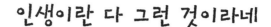

인생이란 다 그런 것이라네

당나라 현종(玄宗)때의 이야기입니다. 도사 여옹이 한단(하북성(河北省)내)의 한 주막에서 쉬고 있는데 행색이 초라한 젊은이가 옆에 와 앉더니 산동(山東)에서 사는 노생(盧生)이라며 신세 한탄을 하고는 졸기 시작했습니다.

도사 여옹이 보따리 속에서 양쪽에 구멍이 뚫린 도자기 베개를 꺼내 주자 노생은 그것을 베고 잠이 들었습니다.

노생이 꿈속에서 점점 커지는 그 베개의 구멍 속으로 들어가 보니 고래 등 같은 기와집이 있었습니다.

노생은 최씨(崔氏)로서 명문인 그 집 딸과 결혼하고 과거에 급제한 뒤 벼슬길에 나아가 순조롭게 승진을 했습니다.

당나라 서울에서 으뜸가는 경조윤(京兆尹)을 거쳐 어사대부(御史大夫) 겸 이부시랑(吏部侍郎)에 올랐으나 재상이 투기하는 바람에 단주 자사(端州刺史)로 좌천되었습니다.

3년 후 호부상서(戸部尚書)로 조정에 복귀한 지 얼마 안 되어 마침내 재상이 되었습니다.

그 후 10년간 노생은 황제를 잘 보필하여 태평성대를 이룩한 명재상으로 이름이 높았으나 어느 날, 갑자기 역적으로 몰렸습니다. 변방의 장군과 모반을 꾀했다는 것입니다.

노생은 포박 당하는 자리에서 탄식하여 말했습니다.
"내 고향 산동에서 땅뙈기나 부쳐 먹고 살았더라면 이런 억울한 누명은 쓰지 않았을 텐데, 무엇 때문에 애써 벼슬길에 나갔는지 모르겠다고… 그 옛날 누더기를 걸치고 한단의 거리를 걷던 때가 그립구나. 하지만 이제 와서 후회한들 무슨 소용이 있겠는가."

그는 칼을 들어 자결하려 했지만 아내와 아들이 말리는 바람에 미수에 그쳤습니다.

미소를 나누는

노생과 함께 잡힌 사람들은 모두 처형당했으나 그는 환관(宦官)이 힘써 준 덕분에 사형을 면하고 변방으로 유배되었습니다.

수년 후 억울한 죄(원罪)임이 밝혀지자 황제는 노생을 소환하여 중서령(中書令)을 제수(除授)한 뒤 연국공(燕國公)에 책봉하고 많은 은총을 내렸습니다.

그후 노생은 자식들이 모두 권문세가(權門勢家)와 혼인시키고 고관이 된 다섯 아들과 열 손자를 거느리고 행복한 만년을 보내다가 황제의 어의(御醫)가 지켜보는 가운데 80년의 생애를 마쳤습니다.

노생이 깨어 보니 꿈이었습니다. 옆에는 여전히 도사 여옹이 앉아 있었고 주막집 주인이 짓고 있는 기장밥도 아직 다 되지 않았습니다.

노생을 바라보고 있던 여옹은 웃으며 말했습니다.
"인생이란 다 그런 것이라네."
노생은 여옹에게 공손히 작별 인사를 고하고 하단을 떠났습니다.

한단지몽(邯鄲之夢).

한단에서 꾼 꿈이라는 뜻으로, 인생의 덧없음과 영화
(榮華)의 헛됨의 비유한 이야기입니다.

미소를 나누는

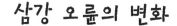

삼강 오륜의 변화

　어느 언론사에서 입사시험을 치렀는데 삼강오륜 을 쓰라고 했더니 요즘사람들 학교나 가정이나 입시교육에만 매달려 인성교육이 부족하고 한자교육도 미흡하다 보니 다음과 같은 답을 쓴 사람이 있었답니다(?).

　삼강을 한강. 금강. 낙동강 이라고 쓴 사람이 있는가 하면 노강(노상강도) 택강(택시강도) 특강(특수강도) 라고 쓰고

오륜을 올림픽마크라고 쓴 사람이 있는가 하면, 천륜, 인륜, 연륜, 패륜, 불륜이라고 쓴 사람이 있었답니다(??)

　삼강(三綱)이란 군위신강(君爲臣綱), 부위자강(父爲子綱),

부위부강(夫爲婦綱)이라고, 임금과 신하, 부모와 자식, 남편과 아내 사이에 지켜야할 도리를 말하고,

　오륜(五倫)이란 군신유의(君臣有義), 부자유친(父子有親), 부부유별(夫婦有別), 장유유서(長幼有序), 붕우유신(朋友有信)으로써 군신 간에는 의리, 부자간의 친애, 부부간에는 분별, 어른과 아이사이에는 차례, 친구 간에는 신의를 말하는 것으로써 사람들과의 관계에서 지켜야할 체계질서를 논한 것인데,

　오늘날 삼강오륜을 봉건시대의 윤리에 불과하다고 치부하는 경향이 있어 우리나라 전통의 미풍양속이 무너지는 것 같아 매우 안타깝다.

　요지 음 세상에서 떠도는 오륜에 대한 풍자를 소개해본다.

君臣有義는 民主絕 : 대통령도 국민이 뽑아 국민이 주인
　　　　　　　　　　이 된 세상이니 군신유의는 민주주
　　　　　　　　　　의가 끊어놓고,

　　　　　　　　　　　　　　　　미소를 나누는

父子有親은 三八絶 : 부모와 자식이 남북으로 헤어져서 이산가족이 되었으니 효도나 사랑을 받을 수 없어 부자유친은 삼팔선이 끊어놓고,

夫婦有別은 平等絶 : 맞벌이 부부가 늘어나고, 남편과 아내의 할 일이 따로 없이 같아졌으니 부부유별은 남녀평등이 끊어 놓고,

長幼有序는 同等絶 : 나이가 많아도 어른대접이 따로 없는 세상이 되었으니, 장유유서는 동등사회가 끊어놓고,

朋友有信은 思想絶 : 친구 간에 신의조차 사상이 달라지니, 원수로 변한 세상이 되어 붕우유신은 사상이 끊어 놓았다는 것이다.

앞으로 간다고 앞만 보는가?

성동격서(聲東擊西)
동쪽에서 문제를 일으키고 서쪽을 친다.
바둑에 나오는 말이다.

하늘을 보라
까마귀가 날면 그 아래에는 적군이 있다.
난중일기에 나오는 말이다.

개미집을 보라
그 밑에는 물길이 있다.
한비자에 나오는 말이다.

어느 집 인심을 보려면

미소를 나누는

그 집 하인이 얼마나 자주 바뀌는지를 보라.
우리의 민담에 나오는 말이다.

앞으로 간다고 앞만 보는가?
뒤를 돌아보지 않으면
앞으로 가는지 옆으로 가는지를 알 수가 없다.

세상일은 이처럼 이치로 묶여 있다.
뒤를 알기 위해 앞을 보고
앞을 알기 위해 뒤를 보는 사람은 지혜롭다.

오복(五福)과 칠거지악(七去之惡)

* 오복(五福)이란

옛날부터 사람이 살아가면서 바람직하다고 여겨지는 다섯 가지의 복을 오복(五福)이라고 했습니다. 유교의 5대 경전 중 하나인 서경(書經1編 洪範)에 나오는 오복(五福)을 보면

첫 번째는 수(壽)로서 천수(天壽)를 다 누리다가 가는 장수(長壽)의 복(福)을 말했고,

두 번째는 부(富)로서 살아가는데 불편하지 않을 만큼의 풍요로운 부(富)의 복(福)을 말했으며,

세 번째로는 강령(康寧)으로서 몸과 마음이 건강하고

미소를 나누는

깨끗한 상태에서 편안하게 사는 복(福)을 말했고,

네 번째로는 유호덕(攸好德)으로서 남에게 많은 것을 베풀고 돕는 선행과 덕을 쌓는 복(福)을 말했으며,

다섯 번째로는 고종명(考終命)으로서 일생을 건강하게 살다가 고통 없이 편안하게 생을 마칠 수 있는 죽음의 복(福)을 말하는 것이랍니다.

그러나 서민들이 생각하는 또 다른 오복(五福)으로는
1. 치아가 좋은 것
2. 자손이 많은 것
3. 부부가 해로하는 것
4. 손님을 대접할 만한 재산이 있는 것
5. 명당에 묻히는 것을 말했다고 합니다.

그렇다면 현대인들이 생각하는 오복은 무엇일까요?
황혼에도 열정적인 사랑을 나누었던 사람들은 노년에 관한 말을 다음과 같이 남긴답니다. 이것이 현대판 오복이라고 할 수 있겠지요.

1. 건강

몸이 건강하지 못하면 세상 온갖 것이 의미가 없습니다. 건강이란 건강할 때, 즉 젊었을 때 다져 놓아야 합니다.

2. 배우자

서로 아끼면서 지내는 배우자가 있어야 합니다.

노년에 자식들이 떠나고 나면 외롭습니다.

서로 의지하고 위로하며 즐거웠던 추억을 회상하며 살아가야 합니다.

3. 돈

스스로 노인 이라고 생각 한다면, 이제는 돈을 벌 때가 아니라 돈을 쓸 때입니다. 돈이 있어야지? 돈 없는 노년은 서럽습니다. 그러나 돈 앞에 당당 하십시오.

4. 일

당신은 몇 살부터 노인이 되었는가, 노년의 기간은 결코 짧지 않습니다.

정말 하고 싶은 일을 찾아 나섭시다.

미소를 나누는

5. 친구

노년의 가장 큰 적은 고독과 소외입니다.

노년을 같이 보낼 좋은 친구를 많이 만들어 두십시오.

이상 다섯가지의 복을 현대판 신(新)오복(五福)으로 여기고 있다고 합니다. 사람들이 바라는 오복(五福)을 곰곰히 살펴보면 옛날이나 지금이나 살고 있는 계층을 막론하고 다 비슷비슷한 것 같습니다.

이글을 읽으시는 모든 분들께서는 옛날판 오복이든 현대판 오복이든 상관없이 그저 풍요로운 오복(五福)이 모든 이의 가정에 철철 넘치시길 바랍니다.

* 칠거지악(七去之惡)이란

유교적 관념에서 비롯된 아내를 버릴 수 있는 이유 일곱 가지를 말합니다.

1. 시부모에게 불순종한 경우.
2. 자식을 낳지 못하는 경우.
3. 음탕한 경우.

4. 질투하는 경우.

5. 나쁜 병이 있는 경우.

6. 말이 많은 경우.

7. 도둑질을 한 경우를 말합니다.

다만, 다음의 세 가지의 해당되는 경우에는 칠거지악에 해당되어도 쫓아낼 수 없답니다.

1. 돌아갈 친정이 없을 때.(자살의 우려가 있기 때문에)

2. 아내가 들어와서 부모 삼년상을 치렀을 때.

3. 아내가 들어와서 집안을 일으켰을 때.

이 칠거지악은 남존여비사상의 고루한 구시대적 폐습이라 할 수 있으며 현재의 문명사회에서는 거론조차 할 수 없는 일이라 하겠습니다.

미소를 나누는

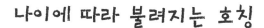

나이에 따라 불려지는 호칭

지학(志學)   15세. 학문에 뜻을 두는 나이.

약관(弱冠)   20세. 남자 스무살을 뜻함. 성인으로 관례(冠禮)를 치른나이.

이립(而立)   30세. 모든 기초를 세우는 나이.

불혹(不惑)   40세. 사물의 이치를 터득하고 세상일에 흔들리지않을 나이

상수(桑壽)   48세. 상(桑)자를 십(十)이 네 개와 팔(八)이 하나인 글자로 파자(破字)하여 48세.

지명(知命) 50세. 천명(天命)을 아는 나이. 지천명(知天命)이라고도 함.

이순(耳順) 60세. 인생에 경륜이 쌓이고 사려와 판단이 성숙하여 남의 말을 받아드리는 나이.

환갑(還甲) 61세. 일(一) 갑자(甲子)가 돌아왔다고 해서 환갑 또는 회갑(回甲)이라 하고 경축하여 화갑(華甲)이라고도 한다.

종심(從心) 70세. 뜻대로 행하여도 도리에 어긋나지 않는 나이, 고희(古稀)라고도 한다.

희수(喜壽) 77세. 희(喜)자를 칠(七)이 세변 겹쳤다고 해석.

산수(傘壽) 80세. 산(傘)자를 팔과 십의 파자(破字)로 해석.

미수(米壽) 88세 미(米)자를 팔과 십과 팔의 파자(破字)로 해석.

졸수(卒壽) 90세. 졸(卒)자를 구와 십의 파자(破字)로 해석.

미소를 나누는

망백(望百)   91세. 91세가되면 100살까지 살 것을 바라본
다하여 망백.

백수(白壽)   99세. 일백 백자(百)에서 한일자를 빼면 흰백
자(白)가 된다하여 99세로 봄.

상수(上壽)   100세. 사람의 최상의 수명이란 뜻. 중국 춘
추시대의 역사를 기록한 좌전(左傳)에는 120
세를 상수로 봄.

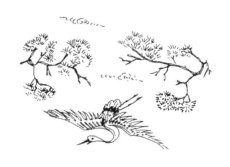

인용 및 참고문헌

▷ 리처드 칼슨
우리는 사소한 것에 목숨을 건다(창작시대. 1998)

▷ 자크하르페
마음을 열어주는 유대인의 죠크(한글. 1998)

▷ 임유진
한국인의 유머(미래문화사. 1998)

▷ 안필준
55세부터 꿀 맛 인생이여라(에디터. 2000)

▷ 차종환
당신의 성공엔 유머가 있다(나산. 1998)

▷ 이동원
짧은 이야기 긴 감동(누가. 2001)

▷ 이상각
마음을 다스리며 살아라(지혜의 나무. 2001)

▷ IT. daum.net 좋은 글

민병랑 閔丙琅

황해도 재령 출신으로 1 · 4후퇴 때 월남했다.
경찰대학(현 경찰종합학교)를 졸업하고,
경기도경찰국, 서울중부경찰서,
치안본부보안과(현 경찰청방범국),
(주)로얄관광호텔 · (주)성남관광호텔 전무이사,
(주)영진산업 대표이사 사장,
서울특별시재향경우회 부회장,
황해도중앙도민회 부회장을 역임하고
(사)대한민국무공유공자회 자문위원과
(사)충 · 효 · 예 실천운동본부 고문으로 있다.

저서로는 『버주기와 뱃두리』, 『유머로 엮음 웃음과 건강』, 『웃음꽃 향기』 등이 있다.

미소를 나누는 세상이야기

초판 인쇄 2012년 9월 3일
초판 발행 2012년 9월 13일

지은이 민병랑
발행인 한정희
발행처 경인문화사

서울특별시 마포구 마포동 324-3
전화 02-718-4831 **팩스** 02-703-9711
www.kyunginp.co.kr / 한국학서적.kr
등록번호 제 10-18호(1973.11.8)

Copyright ⓒkyungin publishing Co. 2012.
Printed in Korea
ISBN 978-89-499-0870-0   03810
값 9,800원